美儿童文学读本

甜草莓的秘密

汤素兰 等 著 畅小米 绘

王家勇 主编

北方联合出版传媒（集团）股份有限公司

万卷出版公司

2017年·沈阳

ⓒ 汤素兰等 畅小米 2017

图书在版编目（ＣＩＰ）数据

甜草莓的秘密 / 汤素兰等著；畅小米绘 . — 沈阳 : 万卷出版公司，
2017.6
（最美儿童文学读本 / 王家勇主编）
ISBN 978-7-5470-4423-0

Ⅰ . ①甜… Ⅱ . ①汤… ②畅… Ⅲ . ①儿童文学—作品综合集—世界
Ⅳ . ① I18

中国版本图书馆 CIP 数据核字（2017）第 057380 号

本书所涉部分作品著作权由中国文字著作权协会代理，电话：010-65978905/06
转 836，传真：010-65978926，E-mail：wenzhuxie@126.com。

出版发行：北方联合出版传媒（集团）股份有限公司
　　　　　万卷出版公司
　　　　　　（地址：沈阳市和平区十一纬路 25 号　邮编：110003）
印　刷　者：沈阳新天地印刷有限公司
经　销　者：全国新华书店
幅面尺寸：170mm×240mm
字　　数：160 千字
印　　张：15
出版时间：2017 年 6 月第 1 版
印刷时间：2017 年 6 月第 1 次印刷
责任编辑：张洋洋
封面设计：徐春迎
版式设计：徐春迎
责任校对：汤小唯
ISBN 978-7-5470-4423-0
定　　价：25.00 元

联系电话：024-23284090
邮购热线：024-23284050
传　　真：024-23284521
E-mail：vpc_tougao@163.com
腾讯微博：http://t.qq.com/wjcbgs

常年法律顾问：李　福　版权所有　侵权必究　举报电话：024-23284090
如有印装质量问题，请与印刷厂联系。联系电话：024-86533377

富于梦想和希望的儿童文学

　　梦想和希望是儿童文学的永恒主题，梦想是儿童文学叙写的对象，而希望则是儿童文学营造的目标，由于儿童文学的纯净特性和幻想气质，本就带有极强主观性色彩的梦想和希望几乎成为了众多儿童文学文本中的主体，它们恣意地、自由地徜徉于儿童文学所栖居的诗意大地上，尽最大努力为孩童们构建一个完美的"黄金时代"。每当我浏览《最美儿童文学读本》所选的这些篇目时，我的脑海中就会不自觉地闪现一幕幕的场景，仿佛我已成为这些故事中的一个角色、一个道具甚至一个微不足道的小物件，陪伴着读者一起笑、一起哭，一起体悟人生百味。

　　我想这也许就是儿童文学的巨大魅力吧，因为儿童文学是富于梦想和希望的，同时儿童文学也能够赋予梦想和希望。在儿童文学中，我们可以肆无忌惮地重温童年、可以尽情地享受父爱母爱、可以无拘无束地拥抱大自然；在儿童文学中，我们可以游走在真实的现实世界中，也可以徜徉于天马行空的幻想世界里；在儿童文学中，我们是神、人、魔鬼、巫师、动物、植物甚至是无机物，我们无所不在、无所不能；在儿童文学中，我们读懂了智慧、勇敢、忠诚、舍得这些优良的人格品性；在儿童文学中，我们学会了成长的意味，成长绝不像我们想象和经历得那么简单，它不但有汤姆·索亚成长路上的自由和快乐，也有曹文轩、薛涛笔下那充满苦难、伤痛和委屈的成长历程；在儿童文学中，一部分篇章是将美好、理想、梦想和希望直接呈现在我们面前，它们故事明快、感情浓烈，极易引发读者的共鸣，而另一部分篇章则会向我们呈现世界的另一面：虚伪、狡诈、欺骗……可正如著名儿童文学理论家刘绪源所说："当文学对现实人生表示不满，当作品充满深刻的忧虑，并在这忧虑之中渗透了渴望的时候，文学不就已经满载着憧憬，不就已经满载着关于未来的并不虚妄的'梦'了么？"的确是这样的，儿童文学不做消极悲观的代言者，但也决不做粉饰虚假太平的谄媚者，这就是儿童文学的良知和大美之处，同时也是儿童文学富于梦想和希望并能赋予梦想和希望的根源所在。儿童文学几乎是"万能"的。

这套丛书中的上百篇儿童文学作品，不仅仅是给儿童阅读的，也是给成人的。因为这些作品中有着极为丰富的人生经验、生活哲理和思想价值，我们读到的不仅是故事，更是故事背后所蕴含的深意。曹文轩曾说道："孩子是民族的未来，儿童文学作家是民族未来性格的塑造者。"我则希望儿童文学不但可以塑造儿童，亦可塑造成人。另外，书中很多篇章都配有"牵手阅读"，这既是一种编辑、家长与儿童间的陪伴牵手，也是一种作品与读者间的灵魂牵手，这些"牵手阅读"并不是要教人们如何阅读，而是一种陪伴和交流，我期盼在这个过程中，我们能够一起回味美好的童年、一起迎接有梦想和希望的未来。

王家勇

2017 年 3 月 1 日

目 录
Contents

梦想还是要有的

爱与宽容

长大的烦恼

孩子的心事你别猜

母爱的温暖

动物的温情

名著大冒险

我们小时候

提到童年，总使人有些向往，不论童年生活是快乐，是悲哀，人们总觉得都是生命中最深刻的一段；有许多印象，许多习惯，深固地刻画在他的人格及气质上而影响他的一生。

蛐蛐儿

迟子建

我的童年是在大兴安岭密林深处的一个小山村度过的。在故乡的夜晚，最令我兴奋莫名的事情，就是灶房传来的蛐蛐儿的叫声。

蛐蛐儿的学名是蟋蟀，它特别喜欢夜里发声。它是个害羞的歌手，要等幕布落下，黑暗笼罩着，才敢歌唱。而且，它喜欢猫在水缸旁，好像它唱累了，自己会舀一瓢水，润润嗓子似的。蛐蛐儿不会飞翔，可是很奇怪的，因为它会歌唱，我老是把它当鸟儿看待。我总是想，它的前世应该是只自由的鸟儿，因为犯了什么错，被贬到了大地。

由于听了太多的鬼怪故事，小的时候，我非常惧怕黑夜，在故事中，黑夜是鬼怪的天堂，它们喜欢这个时候出游。而有了蛐蛐儿的叫声，黑暗似乎被撕裂了，充满了人间色彩，我想鬼怪一

定被它的叫声吓跑了。所以蛐蛐儿在我心目中，有点儿像驱鬼的钟馗，豹头环眼，长髯铁面。

别看我熟悉蛐蛐儿，但并没有真正见过它。它在夜晚出现，天亮就消失了。对这个"只闻其声，未见其人"的神秘朋友，我除了猜测它有不一样的来历之外，还对它的"隐身"，有着另外的理解：也许大地的某一种虫子，是它的至爱，可这种虫子背叛了它，于是它独自对着黑夜倾吐心声。

别处的蛐蛐儿是不是喜欢白昼鸣叫呢？我不知道。我只记得，我们那儿的蛐蛐儿，喜欢夜晚歌唱，而且永远是在灶房的水缸旁。有一年家里的水缸裂罅了，我还认为那是蛐蛐儿给叫裂的呢。

其实每一种生灵，都有自己的命。好的儿童文学作家，总是能对生灵发出自己的询问。于是 ，一束花，可以有灵魂 ；一盆清水，可以有呼吸。

当我还在童年

黄蓓佳

我永远记得童年时候的一件事。

虽然已经那么遥远，那么微不足道了。

那时候，我大概是五岁。

我穿着一套神气的小海军服，两根蓝色的飘带在脑后飞呀飞的。

我快活，也淘气。

奶奶有时烦了，就把老花眼镜一推，说："门口玩儿去！"这就是我最最幸福的时候了。

我像个自由的小鸟儿一样，睁着好奇的双眼，飞到外面五光十色的世界中。

我们家门口有一大块空地，在小城里，这也是唯一的自由贸易场所。

每天，从一大早开始，这里就挤满了卖菜的、烤红薯的、敲铜皮的、补锅的、修鞋的、吆喝"破布头换钱"的，五花八门，热闹极了。

一直到下午，大家都收了摊子回家，这里才安静下来，好像这个小小的广场也需要休息，需要喝口水、喘口气儿似的。

这时，我就再也不想往外跑了。

有一天下午，忽然来了新鲜事。

空荡荡的广场上，不知怎么挤着一大堆人，笑着，闹着，还吆喝着从左邻右舍搬出来长凳子、小椅子。

我心里痒了，像有几只小螃蟹在"索索"地爬。

我真想出去，跟那些快活的大人们挤到一起。

我偷眼瞧着奶奶，奶奶坐在透风的窗口缝衣服，好像没有听见外头的闹声。

奶奶大概老了，耳朵不好使了。

可是我呢？我的耳朵挺好，什么声音都听得见。

怎么办呢？奶奶是个很厉害的老太太，她不让我出去时，我是不敢动一步的。

可是我也有我的办法。

我开始缠磨奶奶了。

"要喝水，奶奶。"我揪揪她的衣服。

她放下针线活，给我倒来开水。

"烫嘴，奶奶。"她又放下活儿，替我加了凉水。

"奶奶，身上痒。"我干脆蹭到她膝盖上，把她手上的顶针拔下来。

"烦人！"奶奶瞪了我一眼。

"讲个故事嘛，奶奶。"我说，又顽皮地扯紧她手里的衣服。

奶奶终于把老花眼镜一推，说："门口玩儿去！奶奶要做活。"我几乎等不及把手里抓着的衣服放下，撒腿就往门外跑。

我嘴里"噢噢"地叫唤了一路，好像一个得胜回朝的将军。

广场上已经密密层层围了一大圈人，最外头的站在板凳上。

大家都伸着脖子往圈里看，而且还哄笑着喊好。

我人小，个头只齐到人家的大腿根，越是听人家笑，越是急得跟什么似的。

后来有个好心的老伯伯看我在外头直转，说："憨小子，来，我帮你一把！"他把我抱起来，举过头顶，连声喊着："喂，帮帮忙，别让我们小小子急坏啰！"前头的人就把我接过去，传到最里头一圈，放在地上。

这下子我站在最前面了，没有人比我看得更清楚啦。

我看见场上是一只秃尾巴小狗，不知道刚刚表演了什么，现在正站在当中，两只前腿举得高高的，四面转着圈儿向人们鞠躬致谢。

那些站在我对面的人都快笑疯了。

我没有笑，我伤心极了，因为没有看到小狗的表演。

我想那一定很好看，光看秃尾巴小狗那副神气样儿你就能猜

到嘛！后来，小狗甩着两只前腿，像小学生下操似的雄赳赳地走下场去，坐在一个黑乎乎的大汉面前不动了。

那汉子从口袋里摸出一块儿糖，剥了皮，往空中一扔，小狗闪电似的跳过去，一张嘴，"叭"地一声接住了，"咔吧咔吧"在嘴里嚼起来，秃尾巴尖尖在空中急急地乱摆。

我赶紧摸口袋，希望能找到一块儿糖或者一块儿饼干，那么小狗就会再给我表演一次。

可是没有，口袋里只装了两粒玻璃球儿。

妈妈早上倒是给我饼干的，谁知道我什么时候吃了。

凡是吃的东西，从来没有能在我的口袋里待过一刻钟。

我朝小狗摇摇手，心里觉得十分对不起它。

这时候，黑汉子在场中央拿椅子搭起个高高的台，就有个梳辫子的小姐姐爬上去，在椅子上表演"拿大顶"。

小姐姐脸儿瘦瘦的，却长了一双乌亮乌亮的眼睛，还有好看的小嘴。

她的身子轻得跟小燕子似的，能在椅子上玩好几个花样。

有一次，她把椅子斜着倒过来，两只胳臂撑住，脚在空中摆得像要飞起来一样。

我看见她的胳臂轻轻在抖，满脸冒着汗珠，有两滴还落在椅背上。

小姐姐一定很害怕。

我在妈妈的大床上试着翻跟斗，奶奶还吓得什么似的呢。

　　万一小姐姐没撑住呢？万一椅子坏了呢？她会从上面摔下来，摔得很疼很疼，额角也准会破一块儿皮。

　　我忽然闭住眼睛，不想再看了。

　　我真盼望大家都走，让小姐姐下来歇一歇，擦把汗。

　　真的，为什么要看这个呢？好容易，小姐姐从高台上下来了。

　　黑汉子把那些椅子搬到场角，又报告说，接下来表演"刀枪不入"。

　　我高兴极了，心里怦怦直跳，就像那"刀枪不入"的人是我一样。

要知道，奶奶每回讲故事，总要讲到古时候有个什么刀枪不入的英雄，怎么怎么的，弄得我做梦都做的是打仗。

现在你瞧，梦里的事儿变成真的了，我该高兴成什么样儿啦！我索性一屁股坐在地上，两只眼睛瞪得有核桃大吧，一眨不眨地盯住黑汉子。

我要看看"刀枪不入"到底是个什么样的本事。

可是，黑汉子好像故意惹我们着急似的，又退下场子，在一把椅子上坐下了。

接着，小姐姐扔给小狗一个洋铁罐儿，小狗就拿嘴叼起来，颠颠地跑到人圈里，朝着大家摇尾巴。

我心里想，这是干什么呢？我觉得怪有意思的。

我真没想到，这小狗是来收钱的。

小狗还会收钱，多好玩儿！我站起来，转过身，呆呆地望着小狗。

一分两分的硬币落进洋铁罐里，叮叮当当的，响得好脆，偶尔有一个硬币落在地上，小狗就放下铁罐，衔起这枚硬币来，郑重其事地放在罐罐里。

也有人不愿意扔几分钱，扭头走了，小狗只好无可奈何地回头望望小姐姐。

小狗真可怜，真懂事，可是怎么有那么多人不给钱呢？你们没见小姐姐流汗吗？没见小狗要吃糖吗？小狗忽然跑到我身边来了，嘴里叼着罐罐眼巴巴地朝我望着。

有几枚硬币从我头顶上落下，叮叮当当滚进罐罐里。

小狗不走，还是朝我望着，秃尾巴尖尖摇得飞快。

哎呀，小狗在向我要钱哪！我也要给钱的呀！我的钱呢？我哪儿有钱呢？我一下子慌了，脸上烫得像火烧一样。

我拼命咬住嘴唇，朝小狗又是摇头，又是摆手。

小狗不懂我的意思，嘴里"唔唔"地哼着，一双晶亮的眼睛那么固执地看着我，像在哀求，又像在威胁。

我的心跳得更慌了，一个劲儿地往后缩着身子，我真愿意地上有个洞让我钻进去。

是的，我也应该给钱的，我看见小狗鞠躬了，看见小姐姐"拿大顶"了，小姐姐还流了那么多的汗……可是我没有钱，一分钱也没有，我只有两个玻璃球儿。

小姐姐从后面追过来，拍拍小狗的脑袋说："秃儿，走吧，别跟弟弟要钱，他没有，他还小呢！"小姐姐说着，朝我笑了笑，好看的小嘴朝我抿起来，眼睛弯成了月牙儿，眼光柔和得像水。

小狗终于很不情愿地走开了。

它眼里有一种不服气的神色。

我站着没动，头低在胸前。

我觉得我就要哭出来了，真的，眼泪在一个劲儿地要往外涌，热乎乎的，怎么也憋不住，使劲儿憋也憋不住……"哇"地一声，我痛痛快快地哭出声来。

我埋着头拼命往外挤，从大人的两腿间挤出去，像一匹挨了

打的小马驹子。

我跑着，跌跌绊绊地穿过广场，躲到一棵树后面，放开嗓门儿哭了半天。

以前，爸爸打我，奶奶训我，我从来没有这么哭过，妈妈说我的眼泪向来比金子还宝贵。

可是今天我哭了，哭得这么伤心。

我第一次知道羞愧的滋味，第一次知道，人，还有比挨打更疼——当你疼在心里的时候。

那边的人群又在哄笑了，有的人笑得几乎要从凳子上摔下来。

那一定是在表演"刀枪不入"。

我没有一点儿要看的念头，连看一眼也不愿意，虽然我曾经在梦里都遇见这样的"英雄"。

我擦干眼泪，悄悄地溜回家里。

奶奶还坐在窗前缝衣服。

一只金色的蜜蜂在她身边盘旋，有几片树叶从窗外飘落在她身上。

桌上的小闹钟嘀嘀嗒嗒响着，使人更觉得家里是这样安静，跟外面简直是两个世界。

我开始萌生了一个念头：要在家里找到一分钱。

我不愿向奶奶要，奶奶不会给我的，家里从来没有给过我零花钱。

而且，我也不知道怎么开口要，我说什么呢？我设想着能在抽屉里找到钱，我就翻起抽屉来了。

先打开我的小抽屉，里头塞了满满一家伙汽车呀、手枪呀、图画书呀什么的，我"哗啦"一声全都扣在地上，也没有找到那种圆圆的、亮晶晶的小硬币。

我又把奶奶的抽屉拖出来，这个抽屉里尽是些布头呀、针呀、线呀零碎东西，也没有钱。

我记起来了，奶奶是从来不把钱放在这儿的。

剩下妈妈和爸爸的抽屉了，那里或许有，或许……就算妈妈也不往里头放钱吧，那么，就不兴从妈妈的钱包里掉进去一个硬币吗？真的，妈妈有好多好多钱，掉进去一个，她一定不会知道。

好，小秃尾巴，你等一会儿，我也有钱了，我就给你送去！我兴奋地去摸妈妈的抽屉，手都有些发颤。

我碰到了铁皮的搭扣，不知怎么的，那铁皮竟然烫得烙人。

我犹豫了……奶奶皱起眉头，疑惑地从老花镜片上头看着我："你乱翻什么？大人的抽屉，不许瞎动。"我像触电似的缩回了手，连身子也不敢动一下了。

我终于没有找到钱。

等我找到借口再出去的时候，广场上空荡荡的，小姐姐和秃尾巴小狗都不在了。

我呆呆地站在那里，心里有一种说不出来的滋味，好像丢失了一件最最心爱的东西似的。

我低下头，仔细地看了看，肮脏的泥地上，还清清楚楚留着

几个梅花形的狗爪子印，可是小狗呢？又到别的地方去鞠躬、去衔着小铁罐要钱了吗？它会不会又碰到不给钱的人呢？它会不会又用那双像哀求、也像威胁的眼睛盯着那个人呢？我想了好久好久。

过了几天，门口的广场上又来了两个变戏法的。

看的人依然很多。

依然是笑着、喊着，闹哄哄的。

这回奶奶也坐不住了，放下活计要去看，还拖上我。

我却拼命挣脱她的手，屁股往后蹭到地，死也不肯挪一步。

奶奶再拖，我就索性放开嗓门儿哭。

奶奶没办法，摇着头，嘟嘟囔囔地说："奇了，奇了，也不知中了哪门子的邪气？往常打都打不回来的呀！"我缩着脖子站在门后，一句话也不说。

奶奶怎么能知道呢？我不是不想看，是不敢看呀。

我总觉得这两个变戏法的和小姐姐他们是一家子的人，我在他们面前有一种犯罪的心理，我不敢看见他们，我抬不起头来……

后来，不知道是哪一次，姑妈给了我五分钱，让我买炒米糖吃。

我把这个亮晶晶的硬币用一块布片包了起来，藏在玩具汽车的"驾驶室"里。

我经常跑到广场上去，朝大路张望，盼着小姐姐他们再来到这里。

那时，我一定会高高兴兴地把这枚硬币投进小狗衔着的小罐罐里，让它也发出那种好听的、叮叮当当像弹琴似的声音。

我还会给小狗吃一块儿糖，一块儿玻璃纸包的奶糖。

只是，我要让它对我鞠个躬，不知道它肯不肯？我等了好多天、好多年，再也没有看见他们。

我长大了，上完了中学，又进了大学。

童年的许多往事随着时光淡漠了，消逝了，被无数新的生活、新的思想代替了。

可是，唯独这件事，深深地记在我心里，就像刀刻在树上一样，年深月久，越发斑痕累累。

今年暑假，我回家探亲。

意外地，又在那个热闹的广场上，碰到一次民间艺人的表演。

我拼命地挤进去，想看到当年的小姐姐，还有秃尾巴小狗。

可是在场上翻跟头的是个胖乎乎的小丫头。

我哑然失笑，想道：若是小姐姐还活着，不是比我更大了吗？后来散场的时候，我掏出袋里所有的零钱，塞在那个小胖丫头的手里。

她惊讶地望着我，眼睛一眨一眨，似乎要说话。

我笑了，吐出一口气来。

二十年了，这是第一次，我有一种还债后的轻松感觉。

是的，我欠得太久了啊！

牵手阅读

在每一个人的内心深处，总有一片美好却又短暂的记忆，那就是属于宝贵童年的美好回忆。那种记忆是永远无法取代的，它在每一个人心里，就像夏夜璀璨的星空，一闪一闪，仿佛是永不熄灭的灯。本文写了作者童年一次看杂耍的经历。五岁的"我"看了一场杂耍，被其中杂技演员"小姐姐"的绝活吸引，可当"小姐姐"的小狗叼着洋铁罐来向我讨钱时，我却因没钱而羞愧地逃跑了。"我"逃回了家，翻箱倒柜地找钱，想为自己这次看杂耍埋单，可最终也没有找到钱，也因此拒绝看几天后的其他表演，彰显了"我"美好的童心。童年中最宝贵的就是朴实的童心，童心会散发出无穷的力量，影响着身边的每一个人。

我的童年

冰　心

提到童年，总使人有些向往，不论童年生活是快乐，是悲哀，人们总觉得都是生命中最深刻的一段；有许多印象，许多习惯，深固地刻画在他的人格及气质上而影响他的一生。

我的童年生活，在许多零碎的文字里，不自觉地已经描写了许多，当曼瑰对我提出这个题目的时候，我还觉得有兴味，而欣然执笔。

中年的人，不愿意再说些情感的话，虽然在回忆中充满了含泪的微笑，我只约略地画出我童年的环境和训练，以及遗留在我的嗜好或习惯上的一切，也许有些父母们愿意用来作参考。

先说到我的遗传：我的父亲是个海军将领，身体很好，我从不记得他在病榻上躺着过。

我的祖父身体也很好，八十六岁无疾而终。我的母亲却很瘦

弱，常常头痛，吐血——这吐血的症候，我也得到，不是肺结核，而是肺气支涨大，过劳或操心都会发作——因此我童年时代记忆所及的母亲，是个极温柔，极安静的女人，不是做活计，就是看书，她的生活是非常恬淡的。

虽然母亲说过，我在会吐奶的时候，就吐过血，而在我的童年时代，并不曾发作过，我也不记得我那时生过什么大病，身体也好，精神也活泼，于是那七八年山陬海隅的生活，我多半是父亲的孩子，而少半是母亲的女儿！

在我以先，母亲生过两个哥哥，都是一生下就夭折了，我的底下，还死去一个妹妹。我的大弟弟，比我小六岁。在大弟弟未生之前，我在家里是个独子。

环境把童年的我，造成一个"野孩子"，丝毫没有少女的气息。我们的家，总是住进海军兵营，或海军学校。四围没有和我同年龄的女伴，我没有玩过"娃娃"，没有学过针线，没有搽过脂粉，没有穿过鲜艳的衣服，没有戴过花。反过来说，因着母亲的病弱，和家里的冷静，使得我整天跟在父亲的身边，参加了他的种种工作与活动，得到了连一般男子都得不到的经验。为一切方便起见，我总是男装，常着军服。父母叫我"阿哥"，弟弟们称呼我"哥哥"，弄得后来我自己也忘其所以了。

父亲办公的时候，也常常有人带我出去，我的游踪所及，是旗台、炮台、海军码头、火药库、龙王庙。我的谈伴是修理枪炮的工人，看守火药库的残废兵士、水手、军官，他们多半是山东人，和蔼而质朴，他们告诉我许多海上新奇悲壮的故事。有时也遇见农夫和渔人，谈些山中海上的家常。那时除了我的母亲和父亲同事的太太们外，几乎轻易见不到一个女性。

四岁以后，我开始认字，六七岁就和我的堂兄、表兄们同在家里读书。他们比我大了四五岁，仍旧是玩不到一处，我常常一个人走到山上海边去。那是极其熟识的环境，一草一石，一沙一沫，我都有无限的亲切。我常常独步在沙岸上，看潮来的时候，仿佛天地都飘浮了起来！潮退的时候，仿佛海岸和我都被吸卷了去！童稚的心，对着这亲切的"伟大"，常常感到怔忡。黄昏时，休息的军号吹起，四山回响，声音凄壮而悠长，那熟识的调子，也使我莫名其妙地要下泪，我不觉得自己的"闷"，只觉得自己的"小"。

因着没有游伴，我很小就学习看书，得了个"好读书，不求甚解"的习惯。我的老师很爱我，常常教我背些诗句，我似懂似不懂的有时很能欣赏。比如那"前不见古人，后不见来者，念天地之悠悠，独怆然而涕下"。我独立山头的时候，就常常默诵它。

离我们最近的城市，就是烟台，父亲有时带我下去，赴宴会，逛天后宫，或是听戏。父亲并不喜听戏，只因那时我正看《三国演义》，父亲就到戏园里点戏给我听，如《草船借箭》《群英会》《华容道》等。看见书上的人物，走上舞台，虽然不懂得戏词，我也觉得很高兴。所以我至今还不讨厌京戏，而且我喜听须生、花脸、黑头的戏。

再大一点儿，学会了些精致的淘气，我的玩具已从铲子和沙桶，进步到蟋蟀罐同风筝，我收集美丽的小石子，在瓷缸里养着，我学作诗，写章回小说，但都不能终篇，因为我的兴趣，仍在户外，低头伏案的时候很少。

父亲喜欢种花养狗，公余之暇，这是他唯一的消遣。因此我从小不怕动物，对于花木，更有普遍的爱好。母亲不喜欢狗，却也爱花，夏夜我们常常在豆棚花架下，饮啤酒、汽水，乘凉。母亲很早就进去休息，父亲便带我到旗台上去看星，他指点给我各个星座的名称和位置。他常常说："你看星星不是很多很小，而且离我们很远么？但是我们海上的人一时都离不了它。在海上迷路的时候看见星星就如同看见家人一样。"因此我至今爱星甚于爱月。

父亲又常常带我去参观军舰，指点给我军舰上的一切，我只觉得处处都是整齐、清洁、光亮、雪白；心里总有说不出的赞叹同羡慕。我也常得亲近父亲的许多好友，如萨镇冰先生，黄赞侯先生——民国第一任海军部长黄钟瑛上将——他们都是极严肃，同时又极慈蔼，生活是那样纪律，那样恬淡，他们也作诗，同父亲常常唱和，他们这一班人是当时文人所称为的"裘带歌壶，翩翩儒将"。

我当时的理想，是想学父亲，学父亲的这些好友，并不曾想到我的"性"阻止了我做他们的追随者。这种生活一直连续到了十一岁，此后我们回到故乡——福州——去，生活起了很大的转变。我也不能不感谢这个转变！十岁以前的训练，若再继续下去，我就很容易变成一个男性的女人，心理也许就不会健全。因为这个转变，我才渐渐地从父亲身边走到母亲的怀里，而开始我的少女时期了。

童年的印象和事实，遗留在我的性格上的，第一是我对于人生态度的严肃，我喜欢整齐、纪律、清洁的生活，我怕看怕听放诞、散漫、松懈的一切。第二是我喜欢空阔高远的环境，我不怕寂寞，不怕静独，我愿意常将自己消失在空旷辽阔之中。因此一到了野外，就如同回到了故乡，我不喜城居，怕应酬，我没有城市的嗜好。

第三是我不喜欢穿鲜艳颜色的衣服，我喜欢的是黑色、蓝色、灰色、白色。有时母亲也勉强我穿过一两次稍为鲜艳的衣服，我总觉得很忸怩，很不自然，穿上立刻就要脱去，关于这一点，我觉得完全是习惯的关系，其实在美好的品位之下，少女爱好天然，是应该"打扮"的！

第四是我喜欢爽快、坦白、自然的交往。我很难勉强我自己做些不愿意做的事，见些不愿意见的人，吃些不愿意吃的饭！母亲常说这是"任性"之一种，不能成为"伟大"的人格。

第五是我一生对于军人普遍的尊敬，军人在我心中是高尚、勇敢、纪律的结晶。关系军队的一切，我也都感兴趣。

说到童年，我常常感谢我的好父母，他们养成我一种恬淡、"返乎自然"的习惯，他们给我一个快乐清洁的环境，因此，在任何环境里都能自足、知足。我尊敬生命，热爱生命，我对于人类没

有怨恨,我觉得许多缺憾是可以改进的,只要人们有决心,肯努力。

这不是一件容易事,因为生命是一张白纸,他的本质无所谓痛苦,也无所谓快乐。我们的人生观,都是环境形成的。

相信人生是向上的人,自己有了勇气,别人也因而快乐。我不但常常感念我的父母,我也常常警惕我们应当怎样做父母。

一九四二年三月二十七日,歌乐山。

我的童年

许地山

延平郡王祠边

小时候的事是很值得自己回想的，父母的爱固然是一件永远不能再得的宝贝，但自己的幼年的幻想与情绪也像瑷瓘的孤云随着旭日升起以后，飞到天顶，便渐次地消失了。现在所留的不过是强烈的后象，以相反的色调在心头映射着。

出世后几年间是无知的时期，所能记的只是从家长们听得关于自己的零碎事，虽然没什么趣味，却不妨记记实。在公元一八九三年二月十四日，正当光绪十九年十二月二十八的上午丑时，我生于台湾台南府城延平郡王祠边的窥园里。这园是我祖父置的。出门不远，有一座马伏波祠，本地人称为马公庙，称我们

的家为马公庙许厝。我的乳母求官是一个佃户的妻子，她很小心地照顾我。据母亲说，她老不肯放我下地，一直到我会在桌上走两步的时候，她才惊讶地嚷出来："丑官会走了！"叔丑是我的小名，因为我是丑时生的。母亲姓吴，兄弟们都称她叫"姁"，是我们几弟兄跟着大哥这样叫的，乡人称母亲为"阿姐""阿姨""乃娘"，却没有称"姁"的，家里叔伯兄弟们称呼他们的母亲，也不是这样，所以"姁"是我们几兄弟对母亲所用的专名。

姁生我的时候是三十多岁，她说我小的时候，皮肤白得像那刚蜕皮的小螳螂一般。这也许不是赞我，或者是由乳母不让我出外晒太阳的缘故。老家的光景，我一点儿印象也没有。在我还不到一周年的时候，中日战争便起来了。台湾的割让，迫着我全家在一八九六年某日离开乡里。姁在我幼年时常对我说当时出走的情形，我现在只记得几件有点儿意思的，一件是她要在安平上船以前，到关帝庙去求签，问问台湾要到几时才归中国。签诗回答她的大意说，中国是像一株枯杨，要等到它的根上再发新芽的时候才有希望。深信着台湾若不归还中国，她定是不能再见到家门的。但她永远不了解枯树上新枝是指什么，这谜到她去世时还在猜着。她自逃出来以后就没有回去过。第二件可纪念的事，是她在猪圈里养了一只"天公猪"，临出门的时候，她到栏外去看它，流着泪对它说："公猪，你没有福分上天公坛了，再见吧。"那猪也像流着泪，用那断藕般的鼻子嗅着她的手，低声呜呜地叫着。台湾的风俗男子生到十三四岁的年纪，家人必得为他抱一只小公

猪来养着，等到十六岁上元日，把它宰来祭上帝，所以管它叫"天公猪"，公猪由主妇亲自豢养的，三四年之中，不能叫它生气、吃惊、害病等。食料得用好的，绝不能把污秽的东西给它吃，也不能放它出去游荡像平常的猪一般。更不能容它与母猪在一起。换句话，它是一只预备做牺牲的圣畜。我们家那只公猪是为大哥养的。他那年已过了十三岁。她每天亲自养它，已经快到一年了。公猪看见她到栏外格外显出亲切的情谊。她说的话，也许它能理会几分。我们到汕头三个月以后，得着看家的来信，说那公猪自从她去后，就不大肯吃东西，渐渐地瘦了，不到半年公猪竟然死了。她到十年以后还在想念着它。她叹息公猪没福分上天公坛，大哥没福分用一只自豢的圣畜。故乡的风俗男子生后三日剃胎，必在囟门上留一撮，名叫"囟鬃"。长了许剪不许剃，必得到了十六岁的上元日设坛散礼玉皇上帝及天宫，在神前剃下来。用红线包起，放在香炉前和公猪一起供着，这是古代冠礼的遗意。

　　还有一件是妪养的一双绒毛鸡。广东叫作竹丝鸡，很能下蛋。她打了一双金耳环戴在它的碧色的小耳朵上。临出门的时候，她叫看家好好地保护它。到了汕头之后，又听见家里出来的人说，父亲常骑的那匹马被日本人牵去了。日本人把它上了铁蹄。它受不了，不久也死了。父亲没与我们同走。他带着国防兵在山里，刘永福又要他去守安平。那时民主国的大势已去，在台南的刘永福，也没有什么办法，只好预备走。但他又不许人多带金银，在城门口有他的兵搜查"走反"的人民。乡人对于任何变化都叫作

"反"。反朱一贵，反戴万生，反法兰西，都曾大规模逃走到别处去。乙未年的"走日本反"恐怕是最大的"走"了。姬说我们出城时也受过严密的检查。因为走得太仓促，现银预备不出来。所带的只有十几条纹银，那还是到大姑母的金铺现兑的。全家人到城门口，已是拥挤得很。当日出城的有大伯父一支五口，四婶一支四口，姬和我们姊弟六口，还有杨表哥一家，和我们几兄弟的乳母及家丁七八口，一共二十多人。先坐牛车到南门外自己的田庄里过一宿，第二天才出安平乘竹筏上轮船到汕头去。姬说我当时只穿着一套夏布衣服；家里的人穿的都是夏天衣服，所以一到汕头不久，很费了事为大家做衣服。我到现在还仿佛地记忆着我是被人抱着在街上走，看见满街上人拥挤得很，这是最初印在我脑子里的经验。自然当时不知道是什么，依通常计算虽叫作三岁，其实只有十八个月左右。一切都是很模糊的。

　　我家原是从揭阳移居于台湾的。因为年代久远，族谱里的世系对不上，一时不能归宗。爹的行止还没一定，所以暂时寄住在本家的祠堂里。主人是许子荣先生与子明先生二位昆季，我们称呼子荣为太公，子明为三爷。他们二位是爹的早年的盟兄弟。祠堂在桃都的围村，地方很宽敞。我们一家都住得很舒适。太公的二少爷是个秀才，我们称他为杞南兄，大少爷在广州经商，我们称他作梅坡哥。祠堂的右边是杞南兄住着，我们住在左边的一段。姬与我们几兄弟住在一间房。对面是四婶和她的子女住。隔一个天井，是大伯父一家住。大哥与伯父的儿子辛哥住伯父的对面房。

当中各隔着一间厅。大伯的姨太清姨和逊姨住左厢房，杨表哥住外厢房，其余乳母工人都在厅上打铺睡。这样算是在一个小小的地方安顿了一家子。

祠堂前头有一条溪，溪边有蔗园一大区，我们几个小弟兄常常跑到园里去捉迷藏；可是大人们怕里头有蛇，常常不许我们去。离蔗园不远的地方还有一区果园，我还记得柚子树很多。到开花的时候，一阵阵的清香教人闻到觉得非常愉快；这气味好像现在还有留着。那也许是我第一次自觉在树林里遨游。在花香与蜂闹的树下，在地上玩泥土，玩了大半天才被人叫回家去。

姬是不喜欢我们到祠堂外去的，她不许我们到水边玩，怕掉在水里；不许到果园里去，怕糟蹋人家的花果；又不许到蔗园去，怕被蛇咬了。离祠堂不远通到村市的那道桥，非有人领着，是绝对不许去的，若犯了她的命令，除掉打一顿之外，就得受缔佛的刑罚。缔佛是从乡人迎神赛会时把偶像缔结在神舆上以防倾倒的意义得来的，我与叔庚被缔的时候次数最多，几乎没有一天不"缔"整个下午。

旖旎的大自然风光

　　当又一阵春风吹过时，一朵美丽的花开了。

　　这是春天里的第一朵花，也是原野上的第一朵花。她开得那样惹人喜爱，绿绿的叶，红红的花，花蕊里滚动着一颗亮晶晶的露珠儿。金黄色的蜜蜂围着她直打转儿。

房顶上的小树

薛卫民

有一座很老的房子，

房顶上长一棵小树。

它朝上看——是蓝天，

它朝下看——是马路。

四周一个伙伴儿也没有，

它能向谁打个招呼？

连小鸟也不飞来唱歌，

小鸟都在森林中居住。

我一个人在家的时候，

老是看那棵房顶上的小树。

我还有出去玩儿的时候，

它呢，它却不能移动一步。

我总是盼着那老房子漏雨，

好赶来修屋顶的叔叔；

那时，我就央求好心的叔叔，

把小树移栽到别处。

原野上，一朵花开了

张秋生

冬天过去了，春天来了。

原野上的草渐渐地绿了。

当又一阵春风吹过时，一朵美丽的花开了。

这是春天里的第一朵花，也是原野上的第一朵花。她开得那样惹人喜爱，绿绿的叶，红红的花，花蕊里滚动着一颗亮晶晶的露珠儿。金黄色的蜜蜂围着她直打转儿。

一只白色的小兔经过这里。他左看右看怎么也看不够。由于他还要去拜访田鼠先生，不能久留，他不得不自言自语地跑开了，"一朵花，春天里第一朵美丽的花……"

他就这样，一路嘀嘀咕咕地走到田鼠先生那里，田鼠问他嘴巴一动一动地在说些什么。

白兔说："我在原野上看到了一朵花，一朵比朝霞还美丽的花。"

　　田鼠说："天哪，这是春天的第一朵花，你为什么不把它摘来呢？你如果给我带来这么珍贵的礼物，我会拥抱你的，我会给你吃花生，吃白菜，吃土豆，我会把一切好吃的东西都拿出来招待你的，你这个笨家伙！"

　　白兔耷拉着一只耳朵说："我知道，你会很慷慨地招待我的。"

　　白兔想了想，又说："可是就你和我两个喜爱这朵花吗？　难道——

　　小鹿不想看这朵花吗？

　　羚羊不想看这朵花吗？

　　土拨鼠不想看这朵花吗？

　　百灵鸟不想看这朵花吗？

　　我把花儿摘下来，他们看什么呢？"

　　这次，田鼠先生沉默了。

牵手阅读

　　大自然的美丽，让人心旷神怡；大自然的神奇，让人叹为观止。大自然赐予我们生命与灵感，它是美的源泉，它是生命的象征。在自然中，和风细雨的温文尔雅，草长莺飞的鸟语花香，五彩蝴蝶的翩翩起舞，都谱写着一曲和谐的乐章。这些美好的自然风光是地球上所有生灵所共同拥有的，我们不能因为自己喜欢一朵花，便把它摘下来据为己有。如果我们把花摘下来了，那么别人看什么呢？

山那边的风景

高洪波

　　从小生在大平原，没见过山。没见过山的孩子性情温和平静，就这样温和平静自然也平庸无奇地长到十三岁。除了在画报上和电影中看一看大山的平面图外，觉得自己离山太遥远，山是迷蒙的未来、陡峭的憧憬，偶或有梦，梦中登一种叫作高山的物体，登到山顶很累，就想飞翔——便向空中纵身一跃，身子骨一激灵，吓醒了。

　　大人们都是过来人，知道我梦中跳崖飞山，说这孩子拔节长个儿哪！

　　事实也是如此。没见过山，却不断梦山，梦见的山美丽、朦胧，高耸入云，有大伞状的青松，还有大朵的蘑菇状的云朵，踩在脚下的石头不硬，像海绵。跳山崖时身轻如燕，从这块山头跃到那座山峰，只一步。

最后的结果当然免不了一脚踩空，继而是一激灵地醒来。定定神，知道自己平安无事地躺在东北大炕上，更知道在梦中又长高了一节，美滋滋的，觉得生活真有趣儿。

十三岁时告别科尔沁草原，一路奔南，奔向遥远的贵州。父亲工作调动，我们全家紧随，出发前知道一句民谣，是一位有学问的朋友念给我的，他是喜欢地理课的高中生，我心目中的偶像。他慢腾腾地吟道："'天无三日晴，地无三尺平，人无三分银'。知道吗？这就是贵州。"

从表面上看，他是怜悯、同情我的远行，到一个陌生的地方，面临各种不可预测的困难，但我清楚地感受到这位老兄的忌妒，一种困于小城无可奈何的忌妒。兴冲冲地，我凭粗浅的知识反驳他道："不可能，人怎么无三分银？再说谁还用银子，全用人民币，你说的全是老皇历。"看到我的不以为然，高中生摇摇头，悲天悯人地与我道别了。

很快地，我们登上旅程，过山海关，经北京，穿中原，越武汉长江大桥。山越走越多，有一阵全是钻隧道，一进隧道，就需紧急关上窗户，否则黑烟窜入车厢，呛得你鼻涕眼泪直流。大山的厉害，终于开始领教。火车开到贵阳，一座典型的山城，我们小驻。父亲领我们游览黔灵公园，其实这公园就是一座黔灵山，沿山路台阶攀登，看满眼的修竹绿树，觉得山美极了，它仿佛是为了迎合人们的兴趣才生得那么秀，长得那么高。登到山顶，有一种平原上决计感受不到的快乐与豁朗，你冲白云喊一声，白云

间有声音应和你；你拾一枚山石掷向山谷，有惊飞的小鸟啾啾地埋怨你；你采一把松针，有松香黏黏地留恋你的指甲，闻一闻，仿佛能闻到山本身的气息，一种平原所不具备的、清新又有几分粗犷的野味，用当前时髦的用语：混合香型。黔灵山就这样给我上了第一课。

山意味着沉重，水意味着轻灵；山代表着险峻，水代表着深沉。山举着高树，盘着如绳的小径，是大地的骨骼，故而山倔强；水托起小船，水花轻轻地吟唱，水是大地的血液，因此水温柔。

从我认识和理解了山的那一天起，我知道了"山有多高、水有多深"的山水共存道理，这是不可思议的一种自然景观。

曾有十年的时光，我走遍了云南的山山水水，在苦聪山、哀牢山的高山哨所，我用竹筒引来的山泉洗濯身心，那山林黝黑，可水色清澈；在景颇山、基诺山，我走访退伍的战友和插队知青，在大山的背影里我们饮山泉，无例外地，愈高的山那泉便愈美，沁出一丝甜味。或许，这泉水是优质的矿泉水，只是养在深山无人识罢了。有缘饮用，是何等快乐的一件事，尤其用那泉水冲凉的滋味，妙不可言。

我却一直没有机会登上军营对面那一座神秘的高山。从步入军营那一日起，这高山就遮断了我望乡的视线，它巍峨、傲慢，每天傍晚将橘红色的晚霞披在肩头，像一个土司山大王。阴天时雾气迷茫，偶或露出一点点鱼脊状的山尖；晴天里它一览无余，好像离我很近，一步便可跨上。这山很高，半山腰隐约有些房舍，山脚下有一条逶迤的铁路，铁路通向何方？房舍住的何人？一切都不可知。

这山横在我面前，渐渐地我意识到我是一个囚徒，而它是囚禁我的高墙。这想法激怒了我，我想走到山顶，让它在我的脚下狼狈，哪怕一刻钟，也值。同时我更迫切地想知道山那边的风景，就像一个好奇的邻居想知道一下别人的秘密——山那边肯定有秘密！

择一个训练的日子，背上我的电台，同伙伴直奔那军营对面的山。出发前我充满兴奋与快感，伙伴是一个老兵，从容地备好面条、炊具，又包上一包食盐、一块瘦肉，我们计划中午到达山顶，用电台同山下联络，然后野炊完毕下山。

事实上山路很好走，我们先穿过一条小河，由山脚处的村寨登山。不一会儿人烟渐稀，小路却很平，不像想象中那么陡峭。缓缓地沿小路绕上山，两小时后到达神秘的房舍，这其实是一座破败的古庙，内中住着茶场的职工。小憩后继续登山，直到这时山路才有几分陡峭。

在一块大石旁坐定，向山下望去，我的军营整整齐齐地卧在小小的坝子上，一排排土黄色的营房，掩映在高大的桉树下，极像小时候搭过的积木。

望一眼山顶，已不太遥远。刚准备起身，迎面走过一队农民，原来白云深处还有他们的土地，几个年轻的姑娘嘻嘻哈哈打趣儿着我们，问我们到山顶去干什么。我说这可是军事秘密，她们一

撇嘴，摇摇头走了。临走时一个姑娘扔下一句话："那山顶上除了风，啥子也没有！"

我们终于到达了山顶。山顶很平坦，左右望去，果然一无所有。我努力想看清楚山那边的风景，除了树就是树，再就是远方隐隐约约的一座湖泊，看得不太分明，绿蓝相间的颜色很轻易地被蓝天融化，说它是湖，仅是我的臆测。

我们支起电台，调好频率，与连队联系，无线班长的声音清晰地响起，这是一个乐天派河南老兵，他建议我们煮面条时顺便打只兔子。大家在电台里调侃几句后，关机，煮面。

应该说这顿面条奇香无比。尽管没猎到什么野兔，可是爬山的饥饿是最好的调味品，脸盆里的面条被我们用树枝筷子捞得一干二净，连汤都没剩一口。

怎么说呢，山那边的风景远不如山顶上的野炊有味道，下山时我有几分懊丧地思忖到。

回到军营已近黄昏，疲惫不堪的我放下背上的无线电台，再扫望一眼屏障式的大山，发现虽然晚霞一如既往地被它披在肩头，可我却再也没有了从前的心态。我觉得它一点儿也不傲慢，相反是一种理所当然的风度。山嘛，就该有山的样子！

或许，我不去窥视山那边的风景更好吧？谁知道哪。熄灯号尚未吹尽，我已沉沉睡去，毕竟爬了一天山，太累了。

那一夜，从那一夜起，我再也没有梦见过登山。

我们的麦子

徐　鲁

　　正月里，大雪纷飞。整个田野白茫茫一片。我们的麦子，在厚厚的雪绒花的被子下安睡。我们的大地深处是温暖的，虽然它的表面常是冰冷的。我们在冬天来临之前就已给麦子压过土壤。这是我们的麦子所需要的，正如我们的生活需要抚慰一样。麦子在大雪之下和大地一起做着那冬至的梦。

　　二月里刮春风。小河解冻了，大雪开始融化。冻土地松动了，树条儿变软了。麦子在二月摆柳风的梳理下，脱掉厚重的外壳——如同我们脱下多余的衣服，而悄然返青。

　　三月里麦子在拔节。高高的蓝天上有布谷鸟的鸣叫和百灵鸟的歌唱。孩子们的风筝挂在高高的柳树梢上。麦子在黑油油的洼地和层层梯田里日见其长。只有最健康的少年能够和它们相比。

我们若是在夜间来到麦地静坐，便会听见它们令人心动的拔节声，仿佛爆笋一样。

四月是麦子抽穗的时节。仿佛一夜之间，小麦地就没膝深了，厚厚实实的，绿油油的，一望无际。我站在故乡的麦地里望着它们，宛如一个年轻的农人在憧憬着丰收。我们的欢乐也在拔节，像爆笋一样。麦地上空那四月的月亮，是照耀着我们的巨灯。我们从田野沿着野樱林立的小路悄悄返回村庄，一步步不忍踩着那明亮而又安静的积水。

五月里，麦子开始灌浆了。殷勤的雨水仿佛体会了农人们的心，它们把麦子胀得摇摇晃晃。轻轻抚摸着青嫩的麦穗，软软的，痒痒的，如同抚摸着婴孩儿的毛发。麦子的青穗，给了我们清芬而微甜的记忆。在那些穷苦而饥饿的年月里，我们常常忍不住要偷吃那正在灌浆的公社的麦子。柔嫩的小手搓着柔嫩的麦穗，又是紧张又是快乐。那时候我们不知道什么叫珍惜。麦子也同情我们这些瘦小的孩子，它用那未熟的子房和乳浆养育过我们这缺少营养的一代乡村的孩子，所以我们永远感恩小麦。

六月，麦子在太阳的曝晒下渐渐成熟。田野变成了金黄色。就像凡·高的画布上的色彩，是一片明亮的柠檬黄。随便捧起哪一支麦穗，都像我们今天看到的国徽上的那支麦穗。麦子在我们的心中沉甸甸的。可别小看这个六月啊！这可是我们经受了艰辛和曝晒而终于等到的季节。麦子只在此时才允许我们向它开镰。于是，加足了油的脱粒机，换上了新轮胎的运输大车，套上了新鞍子的毛驴……都一齐涌向田野。我们的谷场也要拓得更宽一些、更结实一些、更亮堂一些才是。我们收获麦子，麦子也乐意被我们收获。明晃晃的麦穗在我们的手中和怀里上下舞动。麦芒刺进我们的衣服，这才是真正的劳动的享受呢！我们有时也痴心地想：假如一年四季都有麦芒刺向我们，那样的日子岂不是更丰盈、更充实吗？

七月，新麦进入了大瓮和粮仓。没有错，年成是太好了，粒粒饱满实在。麦子不会欺骗我们这些质朴而忠厚的人。何况有我们的劳作呢！它用沉甸甸的籽粒来报答我们的一片痴情。

那么，家家都蒸上大锅大锅的新麦馍馍吧，让香喷喷的新麦的气息充溢着我们整个村子吧。我们对天作揖感恩；我们向大地致敬致谢。让孩子们也吃得饱饱的，然后穿上新浆洗好的、每走一步都轻轻作响的衣裳，提着香喷喷的新麦馍到走不动的外婆的家去吧。新麦下来，老人们尤其要尝一尝的。

只可惜，那些从小在城市里长大的孩子，他们只能在城市里吃着面包，却很少能真正尝到我们刚刚打下的麦子的味道，他们也永远弄不明白我们的麦子从返青、拔节、抽穗、灌浆，直至成熟的日日夜夜是怎么过来的。

但我们是麦子的亲人和朋友。我们最懂得麦子的艰辛和品格。麦子年年生长，我们岁岁劳作。麦子和我们一样生生不息。

世界
真稀奇

世界就是这么回事，一点儿也
不稀奇。电灯总是吊在电线的下面，
是不是？瓦总是盖在屋顶上，是不
是？树叶总是长在树枝上，你懂得
这些就够了。

世界一点也不稀奇

严文井

　　从前，当我还是一个小孩儿的时候，我胆小而且害羞。我喜欢一个人躲在一间阴湿的小房内。

　　我常常一个人独自待着。

　　后来有一天，我不得不离开我的小房间了。

　　我来到一个月台上。我将要到一个新地方去。我害怕得哭起来。

　　这时候有一个人走过来，用手抚摸我的脸。

　　"哭什么？"他问，"好孩子，你的眼睛多么明亮哪！"

　　他是一个中年人，有一个扁扁的鼻子，一双弯弯的眼睛，一张大嘴，两道笑纹刻在他嘴旁。

　　"我要离开这里，到别处去。"

　　"那么，你就因此害怕而哭。哈哈！"他睨视着我，拿出手

绢来揩我的眼泪。

"没有什么，世界就是这么回事，一点也不稀奇。电灯总是吊在电线的下面，是不是？瓦总是盖在屋顶上，是不是？树叶总是长在树枝上，你懂得这些就够了。小孩儿，你一定是不曾外出过的。你惯于藏躲，你也惯于梦想，你却不知道一些平常的东西。哎呀，这似乎是在教训你。你不爱听教训，我再谈一些别的。你知道食物的意思吗，那东西可以止住你的饥饿，余外就再没有什么了不起的价值。别人打你一下，你回敬他一拳；别人骂你，你就诅咒他；别人夸奖你，你就表示高兴；你一个人走，有清静的快乐；你同一个人一起走，你就有了一个伴；你同许多人一起走，你就会感到热闹；只要你敢走，怎么样都好。你应该学会找到你所需要的东西，然后快快活活地唱。世界一点也不特别，张开你的嘴，唱吧！火车已经来了。"

他跟我谈了好多，他告诉我，他已经旅行过一百次。

我懂，或者不懂，但是我点了点头。他快活地笑了。

于是我来到这个世界上。

牵手阅读

太阳从东移到了西，夕阳染红了整个天空。鸟儿飞回了各自巢中，忙碌了一天的人们也各自回到家中，大街小巷的灯亮了起来……世界一点也不稀奇。"世界就是那么回事，一点也不稀奇。"在这位作家的眼中，人应该找到自己需要的东西，然后勇敢地面对一切挑战，努力争取它。

慢性子裁缝和急性子顾客

周　锐

故事发生在冬天。裁缝店里走进一位顾客。

顾客把一卷布料放到桌上，对裁缝说："我想做件棉袄。我已经跑了三家裁缝店了。第一家说要到秋天才能做好。第二家问我有没有等到夏天的耐心。数第三位师傅强些，但他最早也要到开春交货。我可等不及，都没让他们做。告诉您，我和别的顾客不一样，我是个性子最急的顾客。请问师傅，您准备让我什么时候来取衣服——秋天？夏天？春天？……"

"不，"裁缝说，"就在冬天。"

顾客好高兴！

裁缝又补充一句："不过，我指的是明年冬天。"

顾客"噌"地一下子跳起来："这么慢哪！"

裁缝说："您要知道，我和别的裁缝不一样，我是个性子最慢的裁缝呀。"

"那就算啦，我还是去找刚才的师傅吧。"顾客夹起布料就要走。

"别走，"裁缝把顾客叫住，"我知道您是个急性子。依我看，我做的活儿最适合您这种性子的顾客啦。"

急性子顾客挺纳闷儿。

"照您的性子，您肯定会一拿到衣服就穿在身上，不是吗？"

顾客说："那当然。我可不耐烦把新衣服藏在箱子里。"

裁缝说："那么，您要是在别的季节拿到新棉袄，您也不得不由着性子穿上。可是您无论在秋天、夏天还是春天穿上棉袄，人家都会笑话您的。我呢，决不会让人笑话您，非但如此，在您穿上我做的美观大方的新棉袄的时候，大家还会围着您直夸奖，甚至羡慕您呢。"

这位顾客歪着头想了想，不得不承认裁缝说得有道理。于是，做衣服的事儿就算说定了。

不料，这顾客第二天又跑到裁缝店来，说："我不做棉袄了！"

裁缝问："怎么啦？"

"等到明年冬天，时间实在太长啦。"顾客提出，"把我那棉袄里的棉花拽掉，改成夹袄，让我提前在秋天就能穿上合时的新衣服吧。"

"不要棉花了，行啊。"裁缝答应了，"为您服务，没说的！"

顾客满意地走了。可是第三天他又来了。

"师傅，把我那夹袄的袖子剪去一截，改成夏天能穿的短袖衬衫吧，我实在等不及了。"

裁缝点点头："剪袖子，只要'咔嚓''咔嚓'两剪子，好办得很，没问题。"

又过了一天，那顾客再来的时候，裁缝笑着问他："怎么，您那件短袖衬衫还能改成什么？"

顾客说："对不起，麻烦您再给我改成春装吧。袖子嘛，把上次剪下来的再接上去就是啦。"

裁缝这回摇头了："接上去的袖子多难看呀。"

"那您别管，只要能让我早些儿在春天穿上。您别忘了，我可是个急性子顾客呀。"

裁缝说："亲爱的顾客，我要对您负责。我不会让您穿上这样难看的衣裳，这也坏了我的名声呀。"

顾客泄气了。但裁缝又拍拍他的肩说："您放心，凭我的手艺，不用接袖子也能给您做出一件最漂亮的春装。"

顾客感动极了："那真太谢谢啦，——您真的不用接袖子？"

"根本不用。"裁缝解释说，"因为您的布在我的柜子里搁着，我还没开始裁料呢。"

顾客惊讶、恼怒地瞪大了眼睛！

"您可别忘了，"裁缝提醒他说，"我是个慢性子裁缝呀。"

梦想
还是要有的

"春天一来,"石天鹅一边想着,
一边回答冰小鸭,"树枝上生出绿
芽儿,地面上开满金黄色的、红色
的小花朵……"

冰小鸭的春天

孙幼军

冬天到了，冰城里活跃起来。

这一天，人们扒开大江上厚厚的雪，凿下许多大冰块。他们把大冰块装上卡车，拉到冰城中心的公园去。

公园里聚集了许多冰雕家。他们要把冰块凿成各种各样的冰灯，还比赛，看谁雕得最好。

他们领来大冰块，就各占地盘，忙碌起来。"喊喊喳喳""叮叮当当"，又是锯，又是凿，非常热闹。一开始，你根本猜不出他们想雕出个什么来，可是你只要在旁边多站一会儿，等到他们开始精雕细刻的时候，你就会看出：呀，原来这是一头大白熊，后头还跟着两只熊崽儿！

那一个呢？哈，原来是骑在冰马上的唐僧！唐僧前边那块凸出的冰块又是什么？……出来啦，原来是举着金箍棒引路的

孙悟空！

有一位长着白胡子的老爷爷爬上很高的三角梯，凿出一根细高的冰柱，冰柱上顶着一大块冰。这算什么呀？可是转眼工夫，你就看出，冰柱顶上的，是一个穿着古代长裙的女孩子，她飞起来了。不错，嫦娥奔月！

有个小哥哥带着锤子和凿子，也来到这里，想雕点儿什么。他去领冰块，发冰块的叔叔看了他一眼说：

"拿出报名卡来！"

小哥哥说："我没有报名卡……可是，我也会雕……"

那个叔叔说："别在这儿捣乱，去去去！"

小哥哥呆立了一会儿，没有办法，就去看别人雕刻。

有位冰雕家凿下一块冰来，这块冰正飞到小哥哥脚下。小哥哥退后一步，很小心地问：

"伯伯，这个……不要了吧？"

那位冰雕家头也不抬地说：

"拿走！"

小哥哥非常高兴。

"就是太小了，"小哥哥捧着那块冰，心里想，"一点儿也不能浪费。这形状有些像小鸭子，对啦，我就雕一只小鸭子吧！"

他找了一个安静的地方，很用心地雕刻起来。他真的很会雕。

成功了！他雕出一只玲珑剔透的冰小鸭。冰小鸭大脑壳，小身子，还有两只舒展的脚丫片儿。她的头微微向一侧倾着，两只圆圆的大眼睛好奇地盯着你，样子非常惹人爱。

小哥哥不知道应该把她摆在哪儿。

"你太小啦。"他对冰小鸭说，"肚子里也没有电灯。也许别人看不到，会一脚把你踩坏……"

他东张西望，觉得高高的石天鹅雕像台座上最安全。他就趁没人注意时爬上去，把冰小鸭摆在石天鹅脚下。

黑夜降临，公园里的冰灯一齐亮了。巨大冰块砌成的"水晶宫殿"，前面挂着通红的冰灯笼，四周围着翠绿的冰树。"瓜果大丰收"的冰雕篮子里有金黄色的大南瓜，紫色的大茄子，绿油油的黄瓜……一群群冰雕的人像和动物的身体里，也都闪烁出各种颜色的灯光。

啊，真美呀！

公园的四个大门一齐涌进游客，他们都是来看冰灯的，有不少还是坐火车、乘飞机，从遥远的南方来的。嗬，好多好多人哪！

冰小鸭的心里很快活。她第一天来到这个世界上，觉得这个世界又美丽，又热闹。

她想从那许许多多面孔里找出小哥哥冻得通红的小脸儿来。小哥哥雕刻她的时候，十个指头冻得又红又肿。她想问问小哥哥："你的手疼不疼啊？还红、还肿吗？"

可是冰小鸭一直没看到小哥哥。也许小哥哥累了，在家里睡觉；也许小哥哥买不到门票，不能进到公园里来。她听到许多人说：

"哎哟，今天的门票好难买哟！"

一直到深夜，公园里观赏冰灯的人才渐渐散去。

等到一个人也没有的时候，公园里又热闹起来，因为冰雕们都活动起来了。

冰孙悟空最先蹦到雪地上。他抡了几下金箍棒，然后得意扬扬地说：

"俺老孙变成冰的，也还是最受欢迎！"

冰唐僧说："你这猴头胡闹，在这里争什么短长？也是你凡心未退，全不似出家人模样！"

冰猪八戒说："师父说得极是。虽说观看我的人比看你的人还要多出许多，我也不曾讲出什么'最受欢迎'的话来！你这般狂妄，把师父摆在哪里？"

这话说进唐僧心窝儿，他就面现微笑，不再讲话。冰孙悟空说：

"八戒休要挑拨是非，我说的自然有师父在内！"

支在高高冰柱上的嫦娥说：

"你们师徒几个一唱一和，把别人全不放在眼里，别忘了今天得一等奖的是我！你没听见评委们是怎么讲我的吗？'巧夺天工'！"

这一座冰雕叫作"飞天"。看嫦娥的样子，真的像正往月亮上飞去。她身上几条长衣带随风飘起，给人一种动感。把冰雕得这样薄、这样飘逸，说是"巧夺天工"，确实也不算过分。

可是服气的好像不多。冰北极熊说：

"我们母子三个还抵不了你一个？要是主张把一等奖给我们的那位评委，嗓门儿也像我这么大，一等奖早不是你的啦！听见人家说什么了吗？'惟妙惟肖，美不胜收'！"

她的话引起一片嘘声。那么漂亮的嫦娥还没人说好话呢，何况一头笨熊！冰鹿、冰人参娃娃，还有许许多多冰人、冰鸟都齐声叫嚷。起哄的声音里还掺杂着英语和日本话——因为坐在冰飞机里的米老鼠和牵着一头冰老虎的一休和尚，好几个外国客人雕刻的洋玩意儿，也都认为自己应该获奖。

他们吵得好凶！

"真可怜，"展翅耸立在石台基上的白石天鹅，不由得叹息一声，"他们都还不知道，等春天一来……"

"春天一来怎么啦？"忽然，有个细细的声音问他。

石天鹅没想到会有谁听到他的自言自语。他早忘了脚下这只很小的冰小鸭。那好像是白天的时候，一个小男孩儿爬上来，放在这里的。小鸭一直很老实，只睁圆了好奇的眼睛瞧着，没人注意她的存在。

春天一来怎么啦？春天一来，滴滴答答，滴滴答答，所有的冰灯一齐开始融化。他们白天为自己渐渐变成个丑八怪伤心落泪，夜里眼泪结成一条条冰溜子，而第二天他们又继续痛哭，直到整个躯体都化作泪水，渗进泥土里去。什么"巧夺天工"啊，"美不胜收"啊，统统成为泡影！

石天鹅是这个城市的象征。他已经在公园里这个高高耸立的

石头台基上生活了四十年。他见得多了！

可是，能这样对这个可怜的小东西说吗？

不。

"春天一来，"石天鹅一边想着，一边回答冰小鸭，"树枝上生出绿芽儿，地面上开满金黄色的、红色的小花朵……"

"啊，那真好！"冰小鸭欢喜地说，"白雪上开满一朵朵小红花，一定漂亮极了！"

"哦不，"石天鹅纠正她，"花朵不是开在雪上，是开在绿草地上。"

"那满地的白雪都跑到哪儿去啦？"

"白雪……你是说地上的白雪吗？哦，它们都飘上天空了，变成一朵朵的白云。冬天，你别想看到那样白的白云！"

"我知道啦，因为冬天，它们全都铺在地上！"

"真是个聪明的孩子！"

"铺在地上很好看，飘在天空一定更好看。冬天漂亮，春天也漂亮，这个世界真好！"

冰雕们还在那里争吵，说些"巧夺天工""惟妙惟肖"什么什么的。可是石天鹅不敢再叹气了。他到底注意到脚下有只小鸭子，一只很爱这个世界，又没办法长久爱下去的冰小鸭！

日子一天天过去。每天都有许多人来这里，可是冰小鸭一直没看到那个小哥哥。她告诉石天鹅：

"他不像我们那样不怕冷。刻我的时候，他总把手放到嘴上去呵气，有时候还放下刻刀，用两只手捂住耳朵。他的耳朵好红好红……你说春天很暖和，是吧？那他一定在春天，在地上开黄色的、红色的小花的时候来看我！"

"当然，当然！"石天鹅说。

"那时候，他会看到什么呢？"石天鹅心里想。

冰小鸭已经和石天鹅成了好朋友。她知道石天鹅不是冰雕的，也不是雪堆的。他那么白，只不过因为雕刻他的时候，用了很白的石头。石天鹅是个很大的大哥哥。他能讲好多自己亲身经历的故事。对于冰小鸭来说，这些故事又古老又新鲜，有趣儿极了！

冰小鸭喜欢问这问那，石天鹅也喜欢讲给她听。唯独一件事他害怕这小东西问起，那就是关于春天的事。

偏偏这小东西总爱问起。

"什么道理！"石天鹅烦恼地想，"也许，她到底是只小鸭子，有一种喜爱春天的本能……"

更让他烦恼的是，他已经听到了春天的脚步声。

"用不着心烦，反正每年都是这样子。"石天鹅劝慰自己，"我见得多啦！"

可他还是烦躁不安。

已经很少有人来看冰灯。白天，公园里几乎寂无一人。

一天中午，冰小鸭像往常一样，移动着两片脚丫儿，在石头台基上蹒跚。她忽然说：

"我觉得我的腿没有力气，像踩在很软的东西上。"

石天鹅的心猛跳了一下，他说：

"一定是你累了。别老走来走去的了，到夜里会好的。"

"为什么到夜里就会好？"冰小鸭不明白。

"因为夜里又冷起来。"

"一暖和，我的腿就要没力气吗？"

"……"

"大哥哥，你怎么不说话？一暖和，就没力气吗？"

"是的。"

"那……那春天不是很暖和吗？"

"是的。"

"比现在更暖和？"

"嗯。"

"那我不是更没力气了吗？我还能不能到湖里去游水？"

"……"

"说呀，能不能？"

"真烦！"石天鹅忽然生气了。

冰小鸭仰起头，歪着脖儿，看着她的大朋友。

"对不起，"石天鹅有点儿慌乱地说，"我今天心情不太好，不是因为你……你不要站在那儿，走过来一点儿！到我翅膀下边来，这儿有阴影。"

冰小鸭很听话地走到石天鹅伸展的长翼底下，像走进一座大凉棚。

　　她转过身来的时候，看见自己刚才站过的地方有两个湿印子，和她的脚掌一模一样。

　　"那是什么呀？"冰小鸭说着，要走回去看。石天鹅弯过另一条翅膀，把她拦住了。

　　"想不到来得这样快。"石天鹅叹息着，"别走出去，听我告诉你，那就是春天的消息。春天告诉你，她就要来到了……你的身体要把消息传给你，就融化下几滴水，印在地上给你看。"

　　"春天走得再近些，我身上融化下来的水还要多，是吗？"

　　"是的。"

　　"等到春天来到我面前，我全身都化成了水，就没有一个小鸭子了，是吗？"

　　"……"石天鹅觉得自己的嘴巴很沉重，怎么也张不开。

　　冰小鸭也不再作声。

　　"就要开始一场哭闹了……"石天鹅紧张地等待着。他该怎么办？

　　他想不出用什么样的话来安慰冰小鸭。

　　他没料到，等到最后，冰小鸭不过自言自语地讲了一句话：

　　"我真想看到春天！"

　　说的时候，冰小鸭望着枯干的黑树枝，还有残留着积雪的、灰溜溜的地面。

　　石天鹅一下子想起自己说过的话：树枝上冒出绿芽儿，青草地上点缀着金黄色和红色的小花，天上飘着雪白的云朵，公园的

小湖里是一片碧水……

看到春天？他没作过这样的许诺。因为这是不可能的。冰雪不化尽，就没有这样的春天，冰小鸭注定和这样的春天无缘！

但是他又确实描述过这样一个春天。

他那时候不知道这个冰小鸭这么傻，又这么固执。

他真糊涂啊！

"我想看到春天！"冰小鸭又说。

这一次，冰小鸭是向他讲的。她用恳求的眼光望着他。

石天鹅的脑子里闪出一个念头来。

可是他只对冰小鸭说：

"真正的春天还没有来。今天不过是个难得遇见的暖和天气。天还要冷的，雪也还要下。夜晚会把你冻得结结实实，等到白天，你就躲在我翅膀底下。这样，一个月之内你不会融化！"

"这样就能看到春天吗？"

"还是不能。"石天鹅不愿说出这样冷酷的话，但这是事实。

"那躲来躲去干什么呀！我不要一个月，要是能看到春天，一下子化掉也可以！"

"一个月对一只冰小鸭来说，可是好长一段生命啊！也许你那个小哥哥会来看你，告诉你，他来看过你好几次了，只是因为人多，你没发现他。"

"那我告诉他什么呢？告诉他，除了寒冷的冬天，我一辈子什么都没见过呀？要是小哥哥知道他的冰小鸭看到了春天，他会特别高兴的！"

"就算你看到了春天，他也不会知道。"

"你告诉他呀！你一定想出来让我看到春天的办法了。"

石天鹅惊奇了。这个小鸭儿，一点儿都不傻！

石天鹅终于下了决心。

"好吧！"

石天鹅驮着冰小鸭，在星光下向南飞去。

夜里，高空很寒冷。石天鹅奋力鼓动沉重的翅膀。他飞得好快！

黎明时分，冰小鸭看到大地上一片绿色。啊，那一望无际的绿色！这不是冰雕树和黄瓜灯里射出的那种虚弱的绿光，这是充满生机的绿，蓬勃的绿！

"呀！"冰小鸭惊喜地叫出来。

地面越来越清晰。绿色的田野里，镶嵌着一小块一小块的金黄。

"那是油菜花田。"石天鹅告诉冰小鸭。

"真好看！"

有一条闪亮的蓝带子出现在脚下。它好长好长，一直延伸到大地尽头，消失在朦胧的烟雾里。

"那是什么呀？"冰小鸭又叫起来。

"是大江。那蓝颜色是流不尽的水。"

"白的呢？"

"傻小鸭，那就是天上的白云啊！因为我们飞得太高，它们就跑到我们脚下去了！"

临近中午，他们到了春天最喧闹的地方。石天鹅开始下降。

冰小鸭觉得空气从寒冷到凉爽，从凉爽到温暖，而且越来越暖。

石天鹅选中一个非常美丽的小村庄，在村外小河边落下。

这不是一个春天的梦，这是真正的春天！

冰小鸭从她的大朋友那里听到的一切，这里都有！她亲眼看到的，比她想象得更美得多！

河里有一群小鸭子正快活地嬉戏。冰小鸭摇摇摆摆走到岸边看。看着看着，她情不自禁地"扑通"一声，也跳下去了。

水很暖。

她向那群小鸭子游去。她发现，自己在水里比在岸上灵巧得多，她游得好轻松！

那群小鸭子一齐围上来，"嘎嘎"地叫嚷着：

"我们来了个新朋友！"

"呀，她是透明的，好漂亮！"

冰小鸭也快活地朝他们喊：

"我从冰城来，我是一只冰小鸭！"

他们一起玩儿起来。

快乐的时光很短，冰小鸭觉得自己的身体变得软软的。她知道自己正在融化。

但是她觉得非常幸福。她扭头看着站在岸上呆呆地望着她的石天鹅，喊叫说：

"谢谢你，好大哥哥！回去告诉小哥哥，我看到春天啦，春天真好！"

石天鹅觉得，冰小鸭的声音真的充满了欢乐。

冰小鸭是一只冰雕成的小鸭，她明明知道自己到春天会融化，但还是恳求石天鹅带她看一看美丽的春天。最终，她真的看到了春天，她很快乐，她跳到小河里，跟一群鸭子嬉戏玩耍直到融化。这是一篇颇有深意的童话，作者没有以冰小鸭的消失为结尾，相反，以冰小鸭幸福地看到春天来作为结尾，引人深思。春天是美好的，人人都向往，就连会融化的冰小鸭也很向往。那么如果你是一块冰，还会像冰小鸭那样渴望春天吗？明知道自己会融化，你还会大声说"春天真好"吗？

月光摇篮曲

金　波

太阳下山了。天还没有完全黑下来的时候，月亮升起来了。

一只刚刚会走路的小白鼠，第一次从幽暗的地洞里跑出来。他站在一棵大树下面，仰望着天上的月亮。他觉得那月亮是乘着一朵云飘来的，正要落在这棵大树上。

小白鼠想看看那轮圆圆的月亮，就顺着漆黑的树干往上爬。他把这又粗、又高、又直的树干当成了一条通往天上的路。他相信一直往上爬，就能爬到天上。

小白鼠往上爬啊爬，忽然听见有谁向他打招呼：

"小白鼠，你好啊！"

说话的是住在树上的一只蓝喜鹊。她正坐在自己的窝里四处观望风景。

"你好啊，喜鹊大婶！"小白鼠一直爬到喜鹊窝边，"这里是

您的家吗？"

"是啊，欢迎你来做客！"蓝喜鹊热情地说。

小白鼠爬进喜鹊窝里，这里看看，那里瞧瞧。

"啊，喜鹊大婶，您的家多么漂亮，多么舒服啊！"

是啊，小白鼠一生下来就住在地洞里，他很少到地面上来，更不用说到这高高的树上了。

小白鼠舒舒服服躺在喜鹊窝里，仰望着天空。忽然，他看见在枝叶间，有一点点闪亮的星光飞来飞去。

"这些一闪一闪、亮亮的，是什么呀？"小白鼠惊奇地问。

"那是萤火虫啊！"蓝喜鹊告诉他。

"他们是月亮的孩子吗？"小白鼠又问。

蓝喜鹊告诉小白鼠，萤火虫是会发光的昆虫，每天夜里提着灯笼在天上飞。

"他们是给月亮照路吗？"小白鼠又问。

这时候，只见月亮慢慢地升上了天空，离大树更近了。

"月亮什么时候才能落在大树上呢？"小白鼠问。

"等你睡着的时候，她会守护在你身边。"蓝喜鹊轻轻地说。

微风吹来，树枝随风摇动着，喜鹊窝也跟着摇来摇去。

小白鼠睡在喜鹊窝里，就像睡在摇篮里，渐渐地，渐渐地，他合上了眼睛，睡了。

蓝喜鹊看着小白鼠睡在自己的窝里，那样子很乖很乖。

月亮慢慢地向树梢移近了，把月光洒在喜鹊窝里。喜鹊大婶给小白鼠唱起了摇篮曲：

　　微风轻轻地吹，

　　树枝轻轻地摇，

　　月亮挂在树梢上，

　　小白鼠，睡着了……

　　摇篮曲飘进小白鼠的梦里，他梦见怀里抱着一轮圆圆的月亮。

爱与宽容

　　我希望狐狸家的草莓永远都是最甜的。当小狐狸穿了花瓣做的长裙站在路边卖草莓的时候，我们所有的人会因为这独一无二的甜草莓友好地冲她微笑。这微笑会让狐狸们觉得自己并不是孤独的。

甜草莓的秘密

汤素兰

在草莓成熟的季节，我总能看见她站在太阳伞下卖草莓。我从一个年轻的小伙子变成了满头白发的老头儿，时间改变了我，却没有改变她。她永远是一个花季少女，站在路边的太阳伞下面，把草莓递给每一个排队买她草莓的人，并且骄傲地说："我家的草莓很甜吧？"

在去上班的路上，我要经过一大片草莓田。在草莓成熟的季节，道路两旁便支起了很多太阳伞，种草莓的农民站在太阳伞下面向过往的行人兜售草莓。即便同一棵苗上结的草莓，也总是有大有小，有的晶莹剔透、鲜艳可爱，有的颜色暗淡，颗粒上有疤痕虫眼。一般人卖草莓，都是把个儿大饱满、鲜艳可爱的草莓放在上面，把个儿小、有瑕疵的放在下面，以便以次充好，一并卖给路人。

但她卖的草莓不同，每一颗都晶莹饱满、红艳欲滴，吃在嘴里特别甜。

那一天，当我看到她和她面前的草莓篮的时候，我停下车，尝了一颗草莓后，决定把她的整篮草莓都买下来。"不行！"她急忙摇头，"你只能买 10 颗，最多买 20 颗！"

别人卖草莓，总是希望买主买得越多越好，我没见过像她这样卖草莓的。我说："我一次全买了，你不就能早点回家休息了吗？或者你到地里再去摘些草莓来卖，谁不希望自己的草莓卖得越多越好呢？"

"今天的草莓全摘光了，要明天才有新鲜的草莓呢。我家的草莓地很小，每天只能摘一篮草莓，我要是都卖给你，我就得回家去，就没有事情可干了。"她轻声地说。"你真怪！"我说。

"是有点怪！"她笑了，露出两排雪白的牙齿。她穿着很长的白裙子站在伞下面，那长裙子一直拖到地上，散发着栀子花的清香，没有哪一个种草莓的农妇或农家小姑娘会穿得像她那样——雪白的裙子拖在地上，既容易弄脏，干活又不方便。她数了 20 颗草莓给我。这 20 颗是多重呢？我该付她多少钱呢？我发现，她的草莓摊上没有秤。我问应该给她多少钱，她说想给多少就给多少，因为这好吃的草莓是她妈妈亲手种的。我知道农民种出一季草莓其实是很辛苦的，而且也没有多少收成，所以我自然不能白要她的草莓。我胡乱扔了 5 元钱在她的摊子上，开着车走了。

还没有走到办公室，20 颗草莓就被哄抢一空。同事们吃过草

莓都说特别甜。他们还埋怨我太小气，说这么好吃的草莓为什么不多买一点儿带来。

下班回家的时候，我特意留心她的草莓摊档。那儿只有一把太阳伞，伞下面没有她。

第二天、第三天，我也没有看到她，但是那些天我特别想念她的草莓的甜味儿。我每天都从别的摊档上买草莓，花很高的价钱挑选最大、最饱满的草莓，但不管是谁的草莓，都没有我那天早晨吃过的草莓甜。

第四天早晨，我又看见她站在了太阳伞下面。她的面前，又摆着满满一篮草莓，草莓还是那样颗粒饱满、红艳欲滴。"这几天为什么没有看到你呢？"我问。

"我生病了，妈妈不让我出来卖草莓。"她说。"这些草莓我都要了！"我说。"不行，最多只能给你20颗。"她说着，给我数出20颗草莓，用草编的小碗装好，递给我："送给你！"

我还想跟她争辩，甚至想将钱放到她的草莓摊上，强行拎走她面前装草莓的篮子。但是，我发现我的身后排上了长长的队伍，那些都是来这儿买草莓的人。

"请快走吧，后面的人还要买草莓呢！"她说。

后面排队买草莓的，不只有像我这样上班经过的人，还有不少平时在路边上卖草莓的农民。"这小姑娘的草莓特别甜，谁吃了都想再吃。她卖草莓也不在乎收多少钱，即便有些人给她钱，等下午她的草莓全卖完了，那些钱也还留在她的摊档上，都被旁边卖草莓的人捡去了。她好像是专门种草莓送给别人吃的。"一个农民告诉我。

"她是谁？她住在哪里？这么好吃的草莓，她是怎么种出来的呢？要是我能学会她种草莓的技术，并在郊区租一片地种草莓，我是不是……"在去上班的路上，我一直在想这个问题。

有一天早晨，我直接问了她。她说："这是个秘密，我不能告诉你。"

那天我没有去上班，而是守在她的旁边，等着她把一篮草莓卖完。虽然她不用秤，而是论颗卖草莓给别人，也不问别人要钱，但是，因为她的草莓太好吃了，一篮草莓卖完，她面前的摊档上还是放了不少钱。她卖完草莓后，就提着篮子离开了，那些花花绿绿的钱，就任由它们摆在摊档上。好在这世上并不缺乏喜欢钱的人，所以不一会儿，她摊档上的钱就被人哄抢一空了。她拎着空篮子，穿行在草莓田里纵横的田埂上，我悄悄地跟着她。草莓田里有很多窝棚，那是种草莓的农民在草莓成熟的季节暂时居住的，我猜想某一座窝棚就是她的家。

然而，我看到她一直穿过草莓田，朝远处的山坡走去。难道她家的草莓种在山上吗？

山坡上到处是灌木丛和杂草，她走在杂草丛中，比走在马路上还轻快利索，我甩开大步跟也跟不上她。突然，我看到她在远处的灌木丛中像一道白光一样一闪便消失了。等我跑上前去，却没有看到她，只看到一地栀子花瓣。奇怪！她哪去了呢？

我相信她一定就在附近。

她也许知道我悄悄地跟在她的后面，故意躲起来了。我在灌木丛中小心地寻找她。

突然，我听见了她说话的声音，是从一块石头后面传来的。我蹑手蹑脚地走过去，从石头后面悄悄地探过头去：我看见了一个石洞和三只银色的狐狸！一只大一些，另外两只小一些。

"我回来了！"说话的是那只大一些的狐狸，她的爪子里还拎着那个装草莓的篮子。"人们可喜欢吃我们的草莓了！"

"下一回带我们去，好不好？"另外两只小狐狸说。

"不行，你们还没有学会变身，会被人们认出来的。""你不是也变得不好吗？你的尾巴不是总也变不掉，才要穿那么长的裙子盖住吗？""但没有人发现我有尾巴。"那只大一些的狐狸辩解道。

从洞里又走出一只狐狸，看上去像是这三只狐狸的妈妈。

"跟妈妈说说，今天碰上了什么新鲜事？"

"今天有一个人问我，这么好吃的草莓是怎么种出来的。"

"你没有告诉那人吧？"狐狸妈妈担心地问。

"我当然不会说，我只说这是个秘密。"

"没错，这是秘密。这是狐狸种的草莓，吃起来当然会特别甜啦！"

妈妈牵着三只小狐狸的手，说："走，我们到草莓地里去看看，看看明天有没有新鲜草莓可以采摘！"

三只狐狸跟着他们的妈妈走向一片向阳的坡地。那儿有一片小小的草莓田。

"山里确实太寂寞了，不怪你们总想到外面去玩儿。"狐狸妈妈叹口气，"唉，你去卖草莓，真希望别人不要发现你是只狐狸才好！"

狐狸一家在草莓地里拔草，并满怀希望地看着那些草莓在阳光下变得成熟，颗颗饱满。山里很安静，山下就是繁华的都市，隐约能听见车流声。狐狸一家，只能住在山里。孩子们想到山下去玩儿，还得化装成人的模样儿，还得时刻警惕不要被人类看出破绽。

我相信狐狸妈妈种的草莓一定很特别，我完全可以等他们回石洞之后，悄悄地拔一些草莓苗回家自己种植。但我想了一会儿，最终还是没有这样做。如果我也能种出很甜的草莓来，狐狸家的草莓就不稀罕了，也许就不会有那么多人每天排着队等候小狐狸的草莓了。

我希望狐狸家的草莓永远都是最甜的。当小狐狸穿了花瓣做的长裙站在路边卖草莓的时候，我们所有的人会因为这独一无二的甜草莓友好地冲她微笑。这微笑会让狐狸们觉得自己并不是孤独的。

悄悄地，我从山里退了回来。

我知道了甜草莓的秘密，但我并不把它说出去。每天早晨，当我路过狐狸的草莓摊档时，我依然排着队购买她的草莓，一次20颗。

牵手阅读

　　故事里，一个女孩总站在遮阳伞下卖草莓。她卖的草莓晶莹饱满，红艳欲滴，吃一个能从嘴里甜到心里。买她草莓的人总是排着长长队伍，可是，最终得到的草莓也只有20颗。她是怪商人，不只是限制每个人购买的数量，还不收钱。原来，女孩是山上的狐狸，山上的日子太寂寞乏味了，只要化作人形，就可以到人类的世界，和人类做朋友了。她喜欢别人买她种的草莓，那是一种无比的快乐。文中的小狐狸天真可爱，给人留下深刻的印象。

火 柴

吴 然

村里人把"火柴"叫作"洋火"。

我们一进学堂，李老师就给我们讲，中国古代有四大发明，非常伟大，火药就是其中的伟大发明之一。可是我们问李老师，明明是中国人发明的火药，怎么粘在小木棍上就成"洋火"了呢？李老师嘘嘘地吸着牙——这是他遇到麻烦或怪事情时的习惯动作——说，他也弄不懂这个"洋"字是怎么冒出来的。接着，李老师宣布了一个同样伟大的决定："火柴就是火柴，不准叫什么'洋火'！"

火柴是很乖的，整整齐齐躺在小盒子里。不过，它们各自都做着燃烧的梦吧。要不，当火柴做什么呢？这个梦很长，特别在我们村子里。你想，一年到头家家火塘里的火都是燃着的，偶尔哪一家头天晚上没焐好，焐熄了，要重新拢火，一般都是拿松明

子到隔壁家点个火过来，哪家会舍得随便擦根火柴？一盒火柴两分钱，差不多有一百根吧，一年用掉一盒火柴的人家不多。大人腰上都挂着"火镰"。这火镰是铁打的，掺了钢，打起来很有"钢火"。火镰样式简单，可是我该怎样向你描述呢？以树春大伯的火镰来说吧。它的外形是椭圆的，像人的一只丰满的耳朵，只是这"耳朵"上有一双圆溜溜的"杏眼"。打火的时候，食指和中指抠在"杏眼"上，与大拇指紧紧夹住火镰，朝"火石"上猛地一擦，一串火花就会引燃火石上的"火草"——这是连我们小娃娃都会玩儿的。在星月闪闪的夜晚，院场上会有一串一串金红的火花闪现，会有一个一个的身影追着火花跑跳叫喊，那就是我们在玩儿火镰了！有了火镰，火柴只好乖乖地、整整齐齐地躺在小盒子里，做着漫长的燃烧的梦。

不过有一次，李老师用"火柴"破案，让阿亮很是伤心。阿亮愤怒地把家里的火柴全部烧掉，让火柴燃烧的梦瞬间实现又瞬间熄灭。

事情和写大楷有关。

我们读村小的时候，写大楷是一门重要的必修课。村里人看重写字，毛笔字写得好，几乎就等于书读得好。阿亮才读三年级，就写得一手好字，他爹说以后过年的对联就由阿亮写了。可是阿亮一点儿也高兴不起来。他家穷，不要说铜墨盒，连个砚瓦（砚台）都舍不得买。阿亮用个土碗翻过来，在碗底上研墨写字。墨呢，是那种大伙儿说的"猪屎墨"，黑倒是黑，就是一股猪屎味，臭烘烘的，难闻死啦。阿亮喜欢写字，又怕写字。你看，李老师才说"写大楷"，阿亮的脸就有点儿红。他小心地、不好意思地、慢慢地拿出他的"猪屎墨"，甚至有点儿讨好的腼腆，想叫别人不要说他的墨臭。他看看海涛，海涛的字写得也好，但他更喜欢海涛的墨，海涛的墨有一种真正的"墨香"，让人神清气爽的"墨香"。他想，他什么时候才会有海涛那种墨，才能闻着好闻的"墨香"写字呢？他想象不出闻着墨的清香写字的感觉与爽快。他只能小心地、不好意思地、腼腆地拿出他的"猪屎墨"，红着脸，想叫别人不要说他的墨臭。他把土碗翻过来，在碗底上倒了点水，开始研墨。

　　就在这时候，海涛叫了起来："老师，老师，我的墨不见了！"李老师问怎么不见了？海涛说是一锭新墨，他爹前几天才给他买的，不见了。李老师问："哪个拿着海涛的墨？"一片鸦雀无声。每张脸和每双眼睛都在转来转去，像是在帮海涛找寻丢失的那锭新墨。阿亮的脸更红了，他在心里骂自己刚才那么羡慕海涛的墨。咣地一声，阿亮把砚瓦打翻了，黑臭的墨汁溅了一地。所有的眼睛都看着阿亮。阿亮低着头收拾他的砚瓦。李老师把手背在背后，在讲台上走来走去，裤脚把地上的粉笔灰都扇了起来，他大概气极了。"这样吧，"李老师说，"除了海涛，今天写大楷的同学，都站到前面来！"算上阿亮，一共是七个同学站到了前面。我们村小是混合班，一年级到四年级就在一间教室上课。三年级写大楷，四年级就做算术，一、二年级趁老师不注意就开始打闹。但

这时，谁都瞪大了眼睛，看着站在前面的同学。

李老师转身到隔壁拿来一盒火柴。

李老师摇了摇火柴盒。

睡着的火柴都醒来了！

李老师给前面的七个同学一人发了一根火柴。

李老师对七个同学，也是对教室里所有的同学说：

"这些火柴都是一样长的。你们每人手里有一根。如果谁拿

了海涛的墨，谁手里的火柴就会长长。"大伙儿一听，惊奇成一片，

呵呵呵地叫起来。

李老师叫七个拿着火柴的同学出去，说："等我喊你们，再进来。"

大伙儿七高八矮地趴在窗子上，盯着看这几个同学倒霉地站在院子里，个个都像拿了海涛的墨，战战兢兢的，使劲儿握着会长长的火柴。李老师走出去，围着他们转了一圈。每个同学都看着李老师，看着李老师会不会施什么魔法。看不见李老师施什么魔法，只听到他说了声"回教室"，握着火柴的同学就小心翼翼地进了教室，依次站在前面，让大伙儿用"目光弹"扫来扫去。"把火柴拿出来！"李老师的声音不大，但却像打雷一样，同学们都跳起来，跳起来看谁的火柴长长了。几乎每一根火柴都被汗水捂湿了，没有谁的火柴长长了，倒是阿亮的火柴断了。"阿亮留下，"李老师说，"其他几位同学，下去坐好。"阿亮慌了，他不知道为什么要被留下，他轻轻地问："老师……"李老师走到阿亮跟前。李老师脸色很不好。同学都想李老师要发火了，要用他的大巴掌教训阿亮了。可是李老师没有发火，他看上去很疲倦。李老师叹了口气说："阿亮呀，你就用你的'猪屎墨'，字不是也写得很好嘛！"阿亮不敢看李老师，轻声说："老师，我……"李老师抚着阿亮的肩膀说："把墨还给海涛。""老师，"阿亮吃惊地看着李老师，"我没拿！"李老师也看着阿亮，"没拿，那火柴怎么断了？""我怕……""怕什么呀？""怕火柴会冤枉我……""唉？"李老师又叹了口气，"火柴怎么会呢？把墨还给海涛。""我没呀，老师？"

眼泪从阿亮脸上淌下来。其实李老师是喜欢阿亮的，他相信阿亮品行端正，不会拿海涛的墨，可是火柴怎么断了呢？怎么怕火柴长长呢？李老师看看海涛。"老师，"海涛也不相信阿亮会拿他的墨，站起来说，"我，我不要墨了。""下去吧，"李老师对阿亮说，"好好写你的大楷。""我没呀，老师……"阿亮很伤心。

"老师，老师！"是海涛的妹妹，海涛的妹妹拿着一锭新墨，奇迹般地出现在教室门口，"墨，墨，哥哥你的墨……"

"哇……"阿亮的哭喊惊天动地。他冲出教室，发疯般地跑回家。他把家里的火柴拿出来，拼命咒骂："死火柴""浑蛋火柴""鬼火柴""狗屎火柴"，甚至还骂了声"洋火"！阿亮骂一声擦一根，一根根火柴带着梦一般的金黄色的火苗，落了一地。

在异乡

[美]海明威　乔伊　译

　　秋天，战争还在不断进行着，但我们再也不用去打仗了。米兰的深秋冷飕飕的，天黑得很早。转眼间华灯初上，沿街看着各式的橱窗，感觉很惬意。一家店门外挂着许多野味，雪花落在狐狸的卷毛上，寒风吹起她蓬松的尾巴；掏空内脏的僵硬的鹿沉甸甸地吊着；一串串小鸟在风中摇摆，羽毛翻舞着。这是一个很冷的秋天，风不停地从山冈上吹来。

　　每天下午，我们都到医院去。薄暮时分穿过市区，有三条通往医院的路。其中的两条沿着运河，运河太长，所以人们总是走过横跨运河的桥，到医院去。河上有三座桥，你想走哪座都可以。其中一座上面有个卖炒栗子的女人，站在她的炭火前会感觉身上很暖和，要是把炒栗子放在口袋里，很长时间都是热乎乎的。医院很古老，也很优美。一进大门就是个庭院，穿过去，对面又有

一扇门，出去就到医院了，葬礼的仪式时常会在院子里举行。老医院对面有几幢新造的砖砌房屋。每天下午，我们都在那里聚聚，坐在将为我们治好病的手术椅里，大家彬彬有礼，互相关心地问是什么病。

医生走到我的手术椅旁说："战前，你喜欢什么运动？玩球吗？"

"不错，踢足球。"我说。

"好，"他说，"你会重新踢足球的，而且会比以前踢得更好。"

我的膝关节有病，从膝盖到脚踝之间的小腿僵直，像没有腿肚子似的。经过医疗器材的治疗后，膝关节就会恢复到像骑三轮自行车那样灵活。可是现在还不能弯，治疗器转到膝关节时便倾斜，不灵了。医生说："一切都会好起来的。小伙子，你是个幸运儿。你会重新回到足球场上踢足球的，厉害得像个锦标赛选手。"

旁边的手术椅中坐着一位少校。他的一只手小得像个孩子的小手。上下翻动的牵引带夹着那只小手，拍打着他僵硬的手指。轮到他检查时，少校对我眨眨眼，并且问医生："我也能重新踢足球吗，主任大夫？"他的剑术非常高超，战前是意大利最优秀的剑术家。

医生回到后面的诊所里，拿来一张照片，上面拍着一只萎缩的手，差不多和少校的一样小，那是整形之前照的，经过治疗后就显得大一点儿了。少校用那只没受伤的手拿着照片，十分仔细地看着，问道："是枪伤吗？"

"工伤。"医生回答。

"很有意思，很有意思。"少校说着便把照片递还给医生。

"这下你该有信心了吧？"

"不。"少校答道。

　　每天，还有三个和我年龄相仿的小伙子到医院来。他们都是米兰人，一个想当律师，一个想当画家，另一个立志当兵。有时，一天的疗程完毕之后，我们会一起步行回去，到斯卡拉隔壁的柯华咖啡馆去。因为是四人结伴同行，就敢于抄捷径，走共产党人的聚居区。那里的人恨我们这些军官。我们走过时，酒店里会有人大叫："打倒军官！"另外还有个年轻人，有时也会跟我们同路，凑成五个伙伴。那时，他的鼻子毁了，正在等待整形，脸上暂时蒙着一块黑丝绢。他是从军校直接上的前线，上战场一小时后便负了伤。大夫们给他做了整形手术，可是，因为他出身于一个非常古老的世家，医生怎么也没办法使他的鼻子端正。他到过南美洲，在一家银行里工作，当然，那是很久以前的事了。我们谁都不知道战事将如何发展，只知道仗还在打，一直在打，只不过，我们再也不用上前线了。

　　我们都佩戴着同样的勋章，除了脸上包着黑丝绢的小伙子；他在前线待的时间不长，所以没有得到勋章。那个想当律师、脸色苍白的高个子得了三枚勋章，而我们各自只有一枚，因为他是意大利突击队上尉，在前线待过很长时间，九死一生，所以对什么都不在乎。其实，我们都不太在乎。除了每天下午在医院里相

遇外，没什么更深的交情了。然而，每当我们穿过城里的"禁区"，到柯华咖啡馆去时，或者在黑夜中并肩而行，酒店里灯光闪烁、歌声不绝之际，或者，当人行道上男男女女熙来攘往，我们不得不推开众人，挤到街上去的时候，便会感到彼此之间由于某种相似的遭遇而息息相通，这是那些讨厌我们的人无法理解的。

我们几个都很熟悉柯华咖啡馆，那儿豪华，温暖，灯光不太耀眼，每天总有一段时间人声鼎沸、烟雾弥漫。姑娘们经常坐在桌边，壁架上摆着几份带插图的报纸。柯华的姑娘们很有爱国心。我发现，在意大利最爱国的是咖啡馆的姑娘——我想，她们现在还是爱国的。

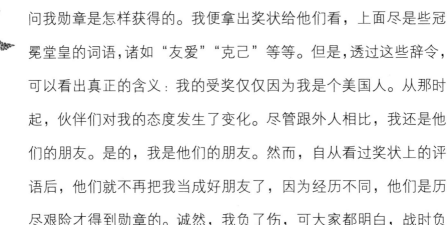

开始的时候，因为我佩戴着勋章，那些伙伴对我还算有礼貌，问我勋章是怎样获得的。我便拿出奖状给他们看，上面尽是些冠冕堂皇的词语，诸如"友爱""克己"等等。但是，透过这些辞令，可以看出真正的含义：我的受奖仅仅因为我是个美国人。从那时起，伙伴们对我的态度发生了变化。尽管跟外人相比，我还是他们的朋友。是的，我是他们的朋友。然而，自从看过奖状上的评语后，他们就不再把我当成好朋友了，因为经历不同，他们是历尽艰险才得到勋章的。诚然，我负了伤，可大家都明白，战时负伤是件很普通的事。不过，我从未感到受奖有愧。有时，在黄昏时分，喝得醉醺醺以后，我会想象自己也经历过伙伴们为得到勋章而做的一切。可是，在秋风飒飒的夜晚，路边店门都关上了，一个人在空荡荡的街上慢慢行走时，我会尽量挨着街灯走，这样才感到自己绝不可能冒过那种险，我是多么怕死啊！时常，夜间独自躺在床上，想到死就害怕，担心重返前线后的光景如何。

然而，佩戴着勋章的三个人却像三只勇猛的猎鹰。虽然从未打过猎的人可能把我也看作猎鹰，但我不是。这一点，他们三个很清楚，于是跟我分道扬镳了。不过，那个上前线第一天就挂彩的小伙子仍然和我是好朋友，因为他现在根本不会明白他会变成一个怎样的人了。我喜欢他，我想他也不会变成鹰的。这一来，别人也绝不会把他当作自己看待的。

至于那位少校，杰出的剑术家，他可不相信人是勇敢的。每当我们坐在手术椅中闲谈时，他总会不厌其烦地纠正我的意大利语法。不过，他却夸奖我口语流畅。我们可以轻松自如地用意大利语闲聊。有一天，我和他说，意大利语一学就会，说起来挺容易，我不太感兴趣了。"喂，不错，"少校说，"那你为什么不研究一下语法呢？"于是他开始教我语法。学着学着，我感到意大利文完全不是原来那么回事了，以致当我脑子里语法概念模糊时，不敢再同他交谈了。

我可以肯定，少校不相信机械治疗，可他总是按时到医院来，从不错过一天。在一段时间内，我们谁都不信这东西。有一次，少校甚至说，这些东西全是胡闹。那时，那种治疗器刚问世，我们正好去做试验品。这真是白痴想出的办法，他说，"纸上谈兵，跟那些理论一样。"当我学不好意大利语法时，他骂我是个丢人的大笨蛋，还说，他自己也是个傻瓜，费尽心思来教我这个笨蛋。

少校长得矮小，却笔挺地坐在手术椅中，将右手伸入机器，让牵引带夹着手指翻动，眼睛盯着墙壁。

"要是战争结束了，如果真有那么一天的话，你打算干些什么？"少校问我，"注意，语法要正确！"

"回美国。"

"你结婚了吗？"

"没有，但很想。"

"这个想法太蠢了。"他看上去很恼火，"一个男人绝不能结婚。"

"为什么，少校先生？"

"别叫我少校先生。"

"为什么男人不能结婚？"

"不能，就是不能，"他气愤地说，"即便一个人注定要失去一切，至少不该使自己落到要失掉那一切的地步。他不该使自己陷入那种境地，他应该去找不会丧失的东西。"

他说着，眼睛直瞪着前面，显得非常恼怒、痛苦。

"可为什么一定会失掉呢？"

"肯定会失掉。"他望着墙壁说，然后，低下头看着治疗器，吱吱咯咯地把小手从牵引带里抽出来，然后在大腿上狠狠拍了几下。"肯定会失掉，"他几乎大吼了，"别跟我争辩！"接着他对看护机器的护理员叫道："来，快把这该死的东西关掉！"

他回到另一间诊室去接受光疗和按摩了。过了一会儿，我听

见他向医生请求借用电话，后来，门关上了。当他重新回到这间房间时，我正坐在另一只手术椅中。他披着斗篷，戴着帽子，径直朝我坐的地方走来，把一条胳膊搭在我的肩上。"真对不起，"他说，并且用那只没受伤的手拍拍我的肩膀，"刚才我太失礼了。我妻子刚刚去世，请原谅。"

"噢……"我惋惜地说，"非常遗憾。"

他站在那儿，咬着下嘴唇。"想忘掉痛苦，"他说，"很难哪！"

他的目光越过我，望着窗外，跟着他哭了。"我简直忘不掉悲痛。"他边说边哽咽着，然后放声大哭，又抬起头，茫然呆视着，咬紧嘴唇，泪流满面。接着，挺起腰，带着军人的姿态，迈过一排排手术椅，扬长而去。

医生告诉我，少校的妻子很年轻，死于肺炎；少校直到残废不能再打仗后，才跟她结婚。她只病了几天，谁也没想到她会死的。她过世后的三天内，少校没来医院。之后，当他照常来就诊时，军服的袖子上多了一块黑纱。那时，医院的墙上已经挂起镶着大像框的照片，拍着各种病例在治疗前后的对比照片。在少校坐的手术椅的对面墙上，挂着三张照片，都是类似他的病例，但经过整形后，完全是正常的手了。我不知道医生是从哪儿弄来的这些照片。我一直以为，我们这些人是第一批来试验医疗器的。不过，少校对那些照片却很淡漠，他只是向着窗外，凝望着。

![牵手阅读](bird icon)

　　《在异乡》是海明威以战争为题材的著名短篇小说之一，充分地体现了海明威文学创作风格和高超的写作技巧。小说描写了在第一次世界大战中，一批伤残军人在法国米兰进行康复治疗的故事。文中充分体现了其简洁洗练、内涵丰富的叙事艺术和文体风格特点。海明威以其独特的视角揭示了残酷的战争对人的肉体和精神所造成的无法弥补的伤害，从而引起读者对于世界、战争和人生的严肃思考。

　　作者在小说中通过一个身在异国他乡、饱受战争折磨的年轻美国士兵的视角，以冷峻简约的叙述描绘了一幅幅真实的生活画面，揭示了深受战争创伤的人们在现代荒原般的现实社会中的迷惘、痛苦、孤独、失望等精神状态。

长大的烦恼

我真想用自己的笔告诉所有正在成长的少年人，别太在意一些表层的东西，即使它使你非常难堪、伤心、愤怒，那也只是一时的，千万别太在意，要学会用自己的心去感受、体察、包容和原谅。

在丢失中长大

谢倩霓

1

从刚刚记事起一直到现在，我就一直在丢失自己身边所有可能弄丢的东西。

刚成为小学生的我，是一个只有六岁多一点儿的小姑娘。我沿用了姐姐们留下来的一个绿格子的小书包，高高兴兴地将新发的课本和一支长长的铅笔放进小书包里。可就在第二天，上课铃声已经响起来的时候，任我把小书包翻得底朝了天，我的那支才用了一天的长铅笔却再也找不到了。我在小书包的右下角发现了一个小小的、刚刚够我一根食指伸进去的洞。

放学回到家，我第一件事就是迫不及待地告诉妈妈："我的

长铅笔丢了。"

妈妈那时还是一位看上去很年轻的妇人，她挨耳朵梳两个麻花辫，穿一条很简单的蓝绵绸的及膝裙。听到我报告丢铅笔的消息，正在切菜的妈妈一下子睁大了双眼："什么，铅笔丢了？！"

妈妈的语气令我心里有些发慌，我赶忙举起书包给她看："书包上有一个洞。"

妈妈接过书包，将自己的小指伸了进去："哎呀！怎么刚开始没注意到有一个洞呢？"

我听出妈妈的这句话不再针对我，心里一松，理直气壮地伸出手："给我钱，我要再买一支铅笔！"

妈妈看看我，没作声，把手伸进口袋里，摸出一枚闪着白光的五分钱硬币来。

可是紧接着，我的橡皮又丢了。

发现橡皮不见的时候，我的第一个反应就是仔仔细细地检查书包，看书包上是不是又有一个洞。可是这一次没有，原先的那个洞早已被妈妈用线密密麻麻地缝好了。

这一次妈妈拖了一个星期才给我钱买橡皮，而在这个星期里，我一直用食指蘸着口水当橡皮使用。

2

二年级的时候，除了丢铅笔、橡皮这些小东西，我开始丢比较大件的东西：刚刚戴在脖子上没多久的红领巾、旧毛线织成的手套、已经做好了的家庭作业练习本……

三年级的时候，发生了一件更大的事情：我弄丢了一件白衬衫！那是一件崭新的白衬衫，是为了参加学校的文艺演出，我闹着让妈妈帮我找别人借的。

妈妈知道后，想都没想，就朝我的头来了一个狠狠的大巴掌！我"哇"地一声大哭起来，转身冲进房间，将自己反锁起来。

我从来没有想过要问妈妈这件事后来是如何处理的，她是怎样向人家交代的。我只是一直记得为了这件该死的白衬衫，我第一次挨了打，头上很痛很痛。

初中开始，我成了一名寄宿生，手头开始拥有一些可以自由支配的零花钱了。可是，这点儿零花钱我根本不敢乱花，因为我得时刻应付随时都有可能出现的物品失踪事件——当我在一星期之内用最后剩下的一点儿零花钱第三次买下一支圆珠笔时，我恨不得给自己的脑袋狠狠地来上一巴掌！

这时我想起了妈妈，想起了妈妈不得不为铅笔、橡皮、尺子、本子等等一再重复付账时的心情。我想，妈妈确实是应该生气的，而且，即使打我也是应该的，毕竟，一件衬衫要比一支铅笔贵出好多好多倍。

在那一刻，我以为自己已经长大了。

3

后来，我考上了一所很好的大学。大学四年里，我继续不断地丢东西：钢笔、学生证、眼镜、开水瓶、饭菜票，甚至吃饭用的碗。当然，这些事情我仍然不告诉家里，只是自己咬着牙——补回来。

大学四年级的寒假，我回到家里过年，突然知晓了一件事情。

晚饭过后，家里其余的人都出去了，只剩我和妈妈在家。我们坐在烧得旺旺的火炉边，喝着香喷喷的菊花芝麻茶。

"唉，终于熬到大学要毕业了，真是不容易。想想你小时候，不知道给大人惹了多少麻烦。"妈妈侧着脸看我，眼睛里流淌的是满满的欣慰，这时的妈妈早已不再年轻了。

在那一刻，我的心里迅速地掠过梳着麻花辫、穿着绵绸裙的妈妈年轻时的形象，我的心里有一点点难过，我笑着说："我小时候一定很讨人嫌吧？我总是丢东西。"

妈妈叹一口气："主要是那时太穷，丢了一点点小东西，都会被当成一件了不得的大事。"

我说："就是，我还挨过打呢。"

妈妈一愣："我打过你吗？"

我也一愣。妈妈居然忘了打过我啦，打在头上，很重很重的一巴掌。"就是丢了那件白衬衫的时候，你打了我一巴掌嘛。"我说。

妈妈蹙着眉头想了一会儿，说："打过你还真记不得了。不过那件白衬衫，可真把我害苦了。"

　　在妈妈絮絮叨叨的叙述里，我知晓了白衬衫丢失以后的事情。妈妈说，那时候买布是要布票的，而我们家因为人多，发下来的布票从来都不够用。为了弄到一点儿布票，好买一块白布做一件白衬衫还给人家，妈妈奔波了足足一个星期。

　　妈妈的语调是轻缓的，但当她那带着点儿玩笑语气的叙述结束的时候，我完全呆掉了。

　　除了牢牢地记得那种表面上的伤害——挨过一巴掌以外，关于布票，关于妈妈的奔波，我居然一点儿都不知道。到自以为长大了的时候，我也以为那只不过是钱的问题，我无论如何也不会想到，在这么一件小事情的背后，竟然也隐藏了大人那么多的无奈和烦恼！

　　那么，很多很多别的事情，是不是也是这样的呢？

　　我真想用自己的笔告诉所有正在成长的少年人，别太在意一些表层的东西，即使它使你非常难堪、伤心、愤怒，那也只是一时的，千万别太在意，要学会用自己的心去感受、体察、包容和原谅。这样，你将会很好地经历成长，并将逐渐拥有一颗善良、宽厚、快乐的心灵。

小大人

[印]泰戈尔　郑振铎　译

　　我人很小，因为我是一个小孩子，到了我像爸爸一样年纪时，便要变大了。

　　我的先生要是走来说道："时候晚了，把你的石板、你的书拿来。"

　　我便要告诉他道："你不知道我已经同爸爸一样大了么？我决不再学什么功课了。"

　　我的老师便将惊异地说道："他读书不读书可以随便，因为他是大人了。"

　　我将自己穿了衣裳，走到人群拥挤的市场里去。

　　我的叔叔要是跑过来说道："你要迷路了，我的孩子，让我领着你吧。"

　　我便要回答道："你没有看见么，叔叔，我已经同爸爸一样大了？我决定要独自一个人到市场里去。"

叔叔便将说道："是的，他随便到哪里去都可以，因为他是大人了。"

当我正拿钱给我保姆时，妈妈便要从浴室中出来，因为我是知道怎样用我的钥匙去开银箱的。

妈妈要是说道："你在做什么呀，顽皮的孩子？"

我便要告诉她道："妈妈，你不知道我已经同爸爸一样大了么？我必须拿钱给保姆。"

妈妈便将自言自语道："他可以随便把钱给他所喜欢的人，因为他是大人了。"

当十月里放假的时候，爸爸将要回家，他会以为我还是一个小孩子，为我从城里带了小鞋子和小绸衫来。

我便要说道："爸爸，把这些东西给哥哥吧，因为我已经同你一样大了。"

爸爸便将想了一想，说道："他可以随便去买他自己穿的衣裳，因为他是大人了。"

牵手阅读

本篇文章选自泰戈尔的《新月集》。孩子急切地盼望着长大，像大人那样获得更多的自由，不会在老师的管制下读书，做功课；可以随便到哪里去，不至于迷路；可以自由支配钱财，不受别人的干涉；可

以随便去买自己的衣裳，不再穿小鞋子、小绸衫。这种渴望自由、渴望独立生活的思想，相信是每个孩子都曾有过的幻想。

孩子的心事你别猜

　　这是个十岁左右的女孩儿，上身穿着棉毛混纺的很不起眼且过于短小的浅黄色衣服，头上戴着一顶已经褪了色的茶色水兵帽，帽子下面是一头浓密的红发，两根小辫子从帽子下面伸出来，瘦小而苍白的脸上长着好些雀斑，大眼睛大嘴巴，眼睛可根据角度和情绪的不同变成绿色和灰色。

小铃儿

老　舍

京城北郊王家镇小学校里，校长、教员、夫役，凑齐也有十来个人，没有一个不说小铃儿是聪明可爱的。每到学期开始，同级的学友多半是举他做级长的。

别的孩子入学后，先生总喊他的学名，唯独小铃儿的名字，——德森——仿佛是虚设的。校长时常地说："小铃儿真像个小铜铃，一碰就响的！"

下了课后，先生总拉着小铃儿说长道短，直到别的孩子都走净，才放他走。那一天师生说闲话，先生顺便地问道："小铃儿你父亲得什么病死的？你还记得他的模样吗？"

"不记得！等我回家问我娘去！"小铃儿哭丧着脸，说话的时候，眼睛不住地往别处看。

"小铃儿，看这张画片多么好，送给你吧！"先生看见小铃

儿可怜的样子，赶快从书架上拿了一张画片给了他。

"先生！谢谢你——这个人是谁？"

"这不是咱们常说的那个李鸿章吗！"

"就是他呀！吓！跟日本讲和的！"小铃儿两只明汪汪的眼睛，看看画片，又看先生。

"拿去吧！昨天咱们讲的国耻历史忘了没有？长大成人打日本去，别跟李鸿章一样！"

"跟他一样？把脑袋打掉了，也不能讲和！"小铃儿停顿一会儿，又继续着说："明天讲演会我就说这个题目，先生！我讲演的时候，怎么脸上总发烧呢？"

"慢慢练就不红脸啦！铃儿该回去啦！好，明天早早来！"先生顺口搭音地躺在床上。

"先生明天见吧！"小铃儿背起书包，唱着小山羊歌走出校来。

小铃儿每天下学，总是一直唱到家门，他母亲听见歌声，就出来开门；今天忽然变了：

"娘啊！开门来！"很急躁地用小拳头叩着门。

"今天怎么这样晚才回来？刚才你大舅来了！"小铃儿的母亲，把手里的针线，扦在头上，给他开门。

"在哪儿呢？大舅！大舅！你怎么老不来啦？"小铃儿紧紧地往屋里跑。

"你倒是听完了！你大舅等你半天，等得不耐烦，就走啦；一半天还来呢！"他母亲一边笑一边说。

"真是！今天怎么净是这样的事！跟大舅说说李鸿章的事也好哇！"

"哟！你又跟人家拌嘴啦？谁？跟李鸿章？"

"娘啊！你要上学，可真不行，李鸿章早死啦！"从书包里拿出画片，给他母亲看，"这不是他，不是跟日本讲和的奸细吗！"

"你这孩子！一点规矩都不懂啦！等你舅舅来，还是求他带你学手艺去，我知道李鸿章干吗？"

"学手艺，我可不干！我现在当级长，慢慢地往上升，横是有做校长的那一天！多么好！"他摇晃着脑袋，向他母亲说。

"别美啦！给我买线去！青的白的两样一个铜子的！"

吃过晚饭小铃儿陪着母亲，坐在灯底下念书；他母亲替人家作些针黹。念乏了，就同他母亲说些闲话。

"娘啊！我父亲脸上有麻子没有？"

"这是打哪儿提起，他脸上甭提多么干净啦！"

"我父亲爱我不爱？给我买过吃食没有？"

"你都忘了！哪一天从外边回来不是先去抱你，你姑母常常地说他：'这可真是你的金蛋，抱着吧！将来真许做大官增光耀祖呢！'你父亲就眯睎眯睎地傻笑，搬起你的小脚趾头，放在嘴边香香地亲着，气得你姑母又是恼又是笑。——那时你真是又白又胖，着实地爱人。"

小铃儿不错眼珠地听他母亲说，仿佛听笑话似的，待了半天又问道：

“我姑母打过我没有？”

“没有！别看她待我厉害，待你可是真爱。那一年你长口疮，半夜里啼哭，她还起来背着你，满屋子走，一边走一边说：‘金蛋！金蛋！好孩子！别哭！你父亲一定还回来呢！回来给你带柿霜糖多么好吃！好孩子！别哭啦！’”

“我父亲那一年就死啦？怎么死的？”

“可不是后半年！你姑母也跟了他去，要不是为你，我还干什么活着？”小铃儿的母亲放下针线叹了一口气，那眼泪断了线的珠子般流下来！

“你父亲不是打南京阵亡了吗？哼！尸骨也不知道飞到哪里去呢！”

小铃儿听完，蹦下炕去，拿小拳头向南北画着，大声地说：“不用忙！我长大了给父亲报仇！先打日本后打南京！”

“你要怎样？快给我倒碗水吧！不用想那个，长大成人好好地养活我，那才算孝子。倒完水该睡了，明天好早起！”

他母亲依旧做她的活计，小铃儿躺在被窝里，把头钻出来钻进去，一直到二更多天才睡熟。

“快跑，快跑，开枪！打！”小铃儿一拳打在他母亲的腿上。

“哟，怎么啦！这孩子又吃多啦！瞧！被子踹在一边去了，铃儿！快醒醒！盖好了再睡！”

“娘啊！好痛快！他们败啦！”小铃儿睁了睁眼睛，又睡着了。

第二天小铃儿起来得很早，一直地跑到学校，不去给先生鞠躲，先找他的学伴。凑了几个身体强壮的，大家蹲在体操场的犄角上。

小铃儿说："我打算弄一个会，不要旁人，只要咱们几个。每天早来晚走，咱们大家练身体，互相地打，打疼了，也不准急，练这么几年，管保能打日本去；我还多一层，打完日本再打南京。"

"好！好！就这么办！就举你做头目。咱们都起个名儿，让别人听不懂，好不好？"一个十四五岁，头上长着疙瘩，名叫张纯的说。

"我叫一只虎，"李进才说，"他们都叫我李大嘴，我的嘴真要跟老虎一样，非吃他们不可！"

"我，我叫花孔雀！"一个鸟贩子的儿子，名叫王凤起的说。

"我叫什么呢？我可不要什么狼和虎。"小铃儿说。

"越厉害越好啊！你说虎不好，我不跟你好啦！"李进才撇着嘴说。

"要不你叫卷毛狮子，先生不是说过'狮子是百兽的王'吗！"王凤起说。

"不行！不行！我力气大，我叫狮子！德森叫金钱豹吧！"张纯把别人推开，拍着小铃儿的肩膀说。

正说得高兴，先生从那边嚷着说："你们不上教室温课去，蹲在那块干什么？"一眼看见小铃儿，声音稍微缓和些，"小铃儿你怎么也蹲在那块？快上教室里去！"

大家慢腾腾地溜开，等先生进屋去，又凑在一块商议他们的事。

不到半个月，学校里竟自发生一件奇怪的事，——永不招惹人的小铃儿会有人给他告诉："先生！小铃儿打我一拳！"

"胡说！小铃儿哪会打人？不要欺侮他老实！"先生很决断地说，"叫小铃儿来！"

小铃儿一边擦头上的汗一边说："先生！真是我打了他一下，我试着玩来着，我不敢再……"

"去吧！没什么要紧！以后不准这样，这么点事，值得告诉？真是！"先生说完，小铃儿同那委委屈屈的小孩子都走出来。

"先生！小铃儿看着我们值日，他竟说我们没力气，不配当，他又管我们叫小日本，拿着教鞭当枪，比着我们。"几个小女孩子，都用那炭条似的小手，抹着眼泪。

"这样子！可真是学坏了！叫他来，我问他！"先生很不高兴地说。

"先生！她们值日，老不痛痛快快的吗，三个人搬一把椅子。——再说我也没拿枪比画她们。"小铃儿恶狠狠地瞪着她们。

"我看你这几天是跟张纯学坏了，顶好的孩子，怎么跟他学呢！"

"谁跟卷毛狮……张纯……"小铃儿背过脸去吐了吐舌头。

"你说什么？"

"谁跟张纯在一块来着！"

"我也不好意罚你，你帮着她们扫地去，扫完了，快画那张国耻地图。不然我可真要……"先生头也不抬，只顾改缀法的成绩。

"先生！我不用扫地了，先画地图吧！开展览会的时候，好让大家看哪！你不是说，咱们国的人，都不知道爱国吗？"

"也好！去画吧！你们也都别哭了！还不快扫地去，扫完了好回家！"

小铃儿同着她们一齐走出来，走不远，就看见那几个淘气的男孩子，在墙根站着，向小铃儿招手，低声地叫着："豹！豹！快来呀！我们都等急啦！"

"先生还让我画地图哪！"

"什么地图，不来不行！"说话时一齐蜂拥上来，拉着小铃儿向体操场去，他嘴直嚷：

"不行！不行！先生要责备我呢！"

"练身体不是为挨打吗？你没听过先生说吗？什么来着？对了：'斯巴达的小孩，把小猫蒙在裤子里，还不怕呢！'挨打是明天的事，先走吧！走！"张纯一边比方着，一边说。

小铃儿皱着眉，同大家来到操场犄角说道：

"说吧！今天干什么？"

"今天可好啦！我探明白了！一个小鬼子，每天骑着小自行车，从咱们学校北墙外边过，咱们想法子打他好不好？"张纯说。

李进才抢着说："我也知道，他是北街洋教堂的孩子。"

"别粗心咧！咱们都戴着学校的徽章，穿着制服，打他的时候，他还认不出来吗？"小铃儿说。

"好怯家伙！大丈夫敢作敢当，再说先生责罚咱们，不会问他，

你不是说雪国耻得打洋人吗？"李进才指教员室那边说。

"对！——可是倘若把衣裳撕了，我母亲不打我吗？"小铃儿站起来，掸了掸身上的土。

"你简直的不用去啦！这么怯，将来还打日本哪？"王凤起指着小铃儿的脸说。

"干哪！听你们的！走……"小铃儿红了脸，同着大众顺着墙根溜出去，也没顾拿书包。

第二天早晨，校长显着极懊恼的神气，在礼堂外边挂了一块白牌，上面写着：

"德森张纯……不遵校规，纠众群殴，……照章斥退……"

绿山墙的安妮（节选）

[加]蒙格马利　盛旋　编译

　　一到布莱特·里巴，马修并没有看到火车，他以为是自己来得太早了。由于在布莱特·里巴的小旅馆前不能拴马，所以他便直奔火车站了。

　　长长的月台上空无人影，只是站台尽头处的一堆木板上，孤零零地坐着一个小姑娘。马修望了她一眼，确认不是男孩儿后，便侧身走了过去。可他并没有注意到那孩子的紧张及充满期望的表情。

　　那孩子似乎在一心一意地等待着谁或等待着什么。

　　马修遇见了火车站站长，他正要回去吃晚饭，把售票室的门给锁上了。马修一见，忙走上去打听五点半的火车到没到。

　　"五点半的火车半小时前就已经开走了。"站长干脆利落地答道。

"不过，好像留了个乘客给你——一个小姑娘，就在那边木板堆上坐着。我问她去不去妇女专用候车室，她说外面挺好，一副心事沉重的样子。还说什么'外面有幻想的空间'。唉，真是个古怪的孩子呀。"

"怎么会是个女孩子呢？"马修一听就傻眼了，"我来接的是男孩子，应该是个男孩子。"

火车站站长吹了一声口哨，"是出了什么差错吧，斯文萨夫人领着那孩子来寄放到这儿，说有人托她从孤儿院领养的，过一会儿就会有人来接，除此之外我就什么也不知道了。不如去问一下那孩子。"说完，肚子早已饿得咕咕叫的站长便走了。

可怜的马修被逼无奈，不得不走向那个女孩儿，而且是不曾相识的女孩儿，去询问一下她为什么不是男孩儿。这对马修来说，简直比虎口拔牙还难哪！

那女孩儿自从马修从身边经过时就一直没有忽略他，注视着马修的一举一动。用普通人的眼光看，这是个十岁左右的女孩儿，上身穿着棉毛混纺的很不起眼且过于短小的浅黄色衣服，头上戴着一顶已经褪了色的茶色水兵帽，帽子下面是一头浓密的红发，两根小辫子从帽子下面伸出来，瘦小而苍白的脸上长着好些雀斑，大眼睛大嘴巴，眼睛可根据角度和情绪的不同变成绿色和灰色。

那女孩见马修朝自己走了过来，便用一只瘦瘦的小手拎起一个破旧的旧式提包站了起来，另一只手则伸向了马修。

"您就是格林·盖布鲁兹的马修·卡斯巴特吧？"那孩子用

清澈、可爱的声音说。"很高兴见到您，我还以为您不会来了呢，正担心哪。我还想象了各种各样的理由。刚才我还想，如果您今天晚上不来的话，我就到对面铁道拐角，爬到那棵大樱花树上一直等到天亮，一点儿也不用害怕。"

马修笨拙地握着那女孩儿干瘦的小手，下一步该怎么办他心里已经有了谱。他不能对这个忽闪着大眼睛的女孩儿说事情出了差错，也不能把她就这么扔在这儿，一切一切都等回到了格林·盖布鲁兹之后再问、再弄清楚吧。

"对不起，我来晚了。"马修有些不好意思地说。

"啊，我拎得动。"女孩儿很爽快地说，"从今天起，我就和伯伯成了一家人，在一起生活了，真幸福啊！直到现在，我还没经历过像样的家庭生活呢。孤儿院太可恨了，虽然我只在那儿待了四个月，可是已经烦透了。伯伯您没去过孤儿院吧，所以我想您是不会明白的。总之，那里是想象不到的糟糕。

不知不觉，他们已经来到了马车边。

马车上路后，直到一段陡急的下坡路为止，那女孩子始终没说一句话。丘冈的道路，是把软土深翻起来延伸而形成的。道路是深深翻起的松软的泥土，两边生长着盛开的樱花树和白桦树。

那女孩儿伸出小手，把被马车碰倒的野杏树的小枝，"叭"地一下折了下来。

"您不觉得很美吗？看着这片把道路都装扮得雪白的树，您联想到了什么？"

"啊，这个，联想不到什么呀。"马修答道。

"哎呀，那不就是个新娘子吗，还没有想象出来——身穿白色的婚纱，头披美丽的彩霞一般面纱的新娘子。虽然我并没有见过新娘子，但能想象得出是什么样。不过，我想我这辈子是当不上新娘了。我长得很难看吧？谁也不会和我结婚的，我也许会到外国当一名传教士。我也许没机会穿上白色的婚纱了，只有凭空想象了。今天早晨我离开孤儿院时，穿得破破烂烂的，难看死了。坐火车的时候，大家都觉得我有些可怜，可我却满不在乎，自顾自地立刻进入了幻想。幻想中我漂亮极了，穿着淡蓝色的丝绸裙子，头戴用鲜花、羽毛装饰的大帽子，手戴金表和用山羊羔皮制作的手套。一想到这些，我就立刻来了精神。一直到岛上，我都很愉快。啊！看，到处是盛开的樱花，这个岛真是个花的世界呀！可是，我始终搞不明白这种道路为什么是红色的呢？您知道吗？"

"这个吗，我也不明白呀。"马修回答道。

"嗨，了解一下不就行了吗。这世界上要了解的事情实在是太多了，您不认为这是很愉快的吗？在一个有趣的世界里生活是多么高兴啊！如果什么都知道了就没有幻想的余地了。我，我是不是说得太多了。就因为这个，我总是挨批，只有把嘴闭严才好吗？您要是不希望我这么唠叨，我就住嘴。虽然这很难受，但您如果感到厌烦，我就停止不说了。"

连马修自己都感到意外的是，他觉得这个小姑娘唠唠叨叨的听起来挺有意思。

"哪里，哪里，既然喜欢说你就说吧，我一点儿也不在乎。"马修腼腆地说。

"噢，太好了！我想说的时候就能随便说，真太棒了！我觉得咱们好像能相处得很不错。因为唠叨我挨过不少训斥，让我早已经听烦了。而且我一说长语句，大家就笑，可说明重要的事情，不用长语句不行啊，您说是吧？"

"对，对，对。"马修随声附和着。

那女孩把一根油光光的垂下来的发辫拽过肩头，伸到了马修的眼前。"看，这是什么颜色？"马修向来不会分辨女人头发的颜色，但这次他没费什么劲儿就看出来了。

"是红色的吧？"马修猜道。

女孩长叹了一口气，把发辫散放到手中，使人感到那是一种悲哀的长叹。

那孩子似乎死了心地说道："就为这个，我就不会有完美幸福的心情，你明白了吧！红头发的人都是如此。别的我都不放在心上，什么雀斑、绿眼睛、干瘦啦，只要我一幻想起来，就会全都忘在了脑后。我能幻想出我的皮肤长得如蔷薇一般美丽。我的瞳孔如天上的星星一闪一闪地呈蓝紫色。我也常说给自己听，'我的头发黑亮美丽得如同湿润的乌鸦羽毛。'而实际上心里明明知道是一头红发。这只不过是悲痛到了极点而发出的悲叹罢了。"

他们一路聊着，马车翻过了丘冈，拐了一个弯。这时，马修指着前方说道："就要到家了，那就是格林·盖布鲁兹了……"

"哎，请别说了！"那女孩神情激动地打断了话题，两手抓住了马修伸出的胳膊，闭上了双眼，不敢看马修手指的方向。对于一个孤儿来讲，突然一下子有了个家，不知不觉就变得心情紧张，心跳加快起来。

"让我猜猜，肯定能猜对。"说着那孩子睁开了眼睛，环视着四周。突然，她指着远处的绿山墙农舍说："是那吧？"

马修得意地抖了一下缰绳说："嗨，说对了！我看肯定是斯文萨夫人告诉你的吧，要不你怎么猜得这么准呢。"

"哪呀，不是那么回事，告诉也不过是零零碎碎的一部分，主要的是靠我的感觉，不知道怎么回事，一看见那房子，我就觉得像自己的家。我总仿佛是在做梦一样。您瞧，我胳膊上这几个淤血印，我已经掐了自己好几次了。我经常感到心烦意乱，怀疑自己是不是在做梦，这种念头一上来，我就掐自己几下，可掐完之后又会后悔，怕把好梦惊醒了。这回可是实实在在的真的了，马上就要到家了。"说完，那女孩便又陷入了沉思。

这回该轮到马修不安了。他暗想，最好还是让马瑞拉告诉这个女孩儿结局吧。她所热烈期待的家根本不会接纳她。

马车经过林德家前的洼地时，天已经完全黑下来了。但坐在窗前的林德太太还是捕捉到了他们的身影，目送他们的马车爬上山坡，拐进通往绿山墙农舍的那条长长的小路。

到家了，一想到就要弄清事情真相时，马修开始变得畏缩起来。不是考虑到自己和马瑞拉，也不是因为这个阴差阳错所招致

的麻烦，而是不忍心看到这孩子变得灰心丧气。一旦真相大白，这孩子瞳孔中那出神的光芒肯定会立刻消失。不知为什么，他似乎产生了一种罪恶感。

他们走进院子里时，天已经完全黑了，周围的白杨树叶发出了轻柔的飒飒声。

"啊！树在梦中说梦话呢，您听。"马修刚把女孩从车上抱下来，她就又叽叽喳喳地说上了。"一定是个很美的梦吧。"说着，她便提起自己的提包，跟着马修走进了家门。

马修一推开门，马瑞拉便赶紧迎了上来。可是，当她的目光落在那个孩子——那个眼睛热切明亮，穿着破旧，梳着两个长辫子，模样古怪的女孩子身上时，不由得惊奇地停住了脚步。

"哥，这到底是谁呀？男孩子呢？"

"没有男孩子，只有这个女孩子在那儿。"马修回答说，同时朝那女孩扬了扬下巴。

"没有男孩子？不对吧？"马瑞拉不肯罢休地说，"不是和斯文萨夫人说好了要领个男孩子来吗？还托人捎了口信儿呢。"

"反正没有男孩子，斯文萨夫人领来的只是这孩子，我还特意向站长询问过呢，结果，只好把她领了回来。不管出了什么差错，我也不能把她扔在火车站不管哪！"

"那可太糟糕了！"

就在两人激烈讨论的过程中，那孩子一边交替地看着二人，一边默默地听着，刚才的满面欢喜劲儿早已消失得无影无踪了，她似乎领悟了两人争吵的原因。于是，她随手将提包扔到了地上。紧攥着小手，向前猛地跨出一步，激动地大喊：

"你们不要我是吧！就因为我不是个男孩子就不要我对吧？我早就有一种不祥的预感了。从来没有人真心想收留我，我把一切都想得太美好了。我知道你们都不喜欢我，你们要是不要我，那我该怎么办呀？我，我要哭了！"那孩子一下子坐到了身边的椅子上，一头扑在桌子上，放声大哭起来。

马修和马瑞拉你看看我，我看看你，不知怎样收场才好。没办法，最后，还是马瑞拉充当了一次老好人。

"行了，行了，别哭了，好吗？"

"不，我偏要哭！"

那孩子猛然抬头，扬起一张满是泪痕的脸，嘴唇还在颤抖着。

"如果你也是一个孤儿，来到一个满以为会成为自己家的地方，却发现他们根本不想要你，就因为你不是一个男孩子，你也会哭的！这是我有生以来最大的悲剧了！"

马瑞拉脸上露出了微笑，那微笑极不自然，好像长期不出现，锈住了一般。但不管怎样，刚才严峻的表情开始变得温和起来。

"别哭了，今天晚上我们不会把你赶出门去的。等把事情弄清楚再说，你先在这里住着。你叫什么名字？"

那孩子一瞬间犹豫了一下，"能不能叫我科迪丽亚？"

"科迪丽亚？是你的名字？"

"嗯，不，不是我的名字。但您要是这么叫的话，我会感到

高兴的。多优雅的名字呀。"

"我不明白你到底是什么意思。如果科迪丽亚不是真名字，那么你的真名字叫什么？"

"安妮·杰里。"

"好吧，安妮，能不能告诉我一下，是什么地方弄错了，我们对斯文萨夫人说想领养个男孩子，孤儿院里没有男孩子吗？"

"有哇，有很多哪，但是斯文萨夫人却明确地说想要一个十一岁左右的女孩子，女总管觉得我挺合适，你们不知道我当时有多高兴，我昨天晚上高兴得一整夜都睡不着觉。"说到这里，安妮冲着马修责备道："你们不打算领养女孩子，为什么在车站时不对我说呢？如果那时弄明白了，我也就不会来到这儿了。"

这时，马修回来了，三个人便来到饭桌前开始吃饭。安妮实在是没有胃口，只是轻轻地碰了碰奶油面包，吮了点儿盘子旁边扇形小玻璃碟里的酸苹果酱。

马瑞拉为如何安顿安妮发愁。原以为会来个男孩，所以就在厨房旁边的房间准备了个躺椅，并把房间收拾得干干净净、整整齐齐的了。可没想到来了个女孩，让女孩睡在那里怎么行呢。而客房也不适宜招待一个漂泊的孤儿，看来只有东边那个房间了。

马瑞拉点着了根蜡烛，对安妮说了声"跟我来吧"，便引导着耷拉着头的安妮去看房间。

二人走过整洁的大厅，上了二楼，进了东厢房。窄小的东厢房收拾得很干净，但不免黑得有些冰冷、凄凉。

"有睡衣吧？"

安妮点了点头说道："我有两件睡衣，是孤儿院的女管家给我做的，它们又短又小。因为孤儿院的物品总是不足，什么都紧紧巴巴的。"

"快换上睡衣吧，过一会儿，我来取蜡烛。让你吹灭蜡烛我可不放心，要是引起火灾可就麻烦啦。"

马瑞拉一走出去，安妮便环视起房间四周来。房内墙壁粉刷得雪白，什么装饰都没有，见到四壁皆空，安妮心里空旷得厉害，好像摸不着边际。地板上空空荡荡的，正中铺着一张她从未见过的圆形草编地席。房间的一角，放着一张长长的老式木床。四根床腿低矮，圆圆的，颜色漆黑。另一角摆着一张三角形的桌子。上面放着一个天鹅绒针包。再往上看，是个悬在墙壁上的四角形小镜子。在桌子和床之间的窗户上，挂着用银白色细软毛布料制成的窗帘，窗子对面是洗脸架。房间里充满了难以形容的冰冷气氛，安妮害怕得浑身打战。

"晚安。"马瑞拉用有些生硬，但并不冷淡的口气说道。

安妮突然从被子下面露出那苍白的小脸和大眼睛，"还说晚安呢，今晚可是我一生中最不安宁、最烦躁的夜晚了，知道吗？"发完牢骚，她又钻进了被窝。

马瑞拉慢慢地来到厨房，开始洗碟子。厨房要是稍脏一点儿，马瑞拉就受不了。马修正心事重重地抽着烟斗。尽管平时马修很少抽烟，可这时他无论如何也想抽上一口。可以想象，人在这种

时候如果没有一个发泄的方法，那该是多么痛苦啊。这一切，马瑞拉都只装作没看到。

"真是没想到会发生这种事儿。"马瑞拉生气地说，"就因为自己不去，托别人去，结果才弄成了这个样子，肯定是斯文萨夫人弄误会了。总之明天，我们必须到斯文萨夫人那里去说个清楚，那孩子也得送回孤儿院去。"

"那，那好吧。"马修不太热情地附和着，"看来也只好这么办了。可话虽是这样说，马瑞拉，那孩子确实是个挺讨人喜欢的孩子。她那么想留下来，但咱们又偏要把她送回去，你不觉得她有点儿可怜吗？"

"哥，你不会想把她留在家里吧？"

"不会，不会，你说得有道理。"马修立刻又来了个一百八十度大转弯。一被马瑞拉追问，他可受不了。"不会，我本来就没有要留下她的意思呀，当然了，那孩子能有什么用处呢？不过，或许我们对她会有用处。"马修突然冒出了这么一句。

"马修，我已经看出来了，你被那个孩子迷惑住了！你想收养她。"

"哎呀，不知为什么，我总觉得那孩子非常地有趣儿。"马修也固执起来，"从火车站往回走这一路上，她一直说个不停……"

"是呀，看样子，她是很能说会道的。这点我一眼就瞧出来了。我可不喜欢爱唠叨的孩子，就算要收养个孤儿，她也不是我想要的那种类型。这孩子身上有一种让人捉摸不透的东西，真令人讨厌。还是赶紧把她送回去吧！"

"好吧，那就照你决定的办吧！我可要睡了。"马修说着站起身来，收拾起烟斗，然后回到了自己的房间。

马瑞拉收拾完碟子，也一肚子不满地皱着眉头回到了自己的房间。

二楼东厢房里，一个孤苦伶仃、心灰意冷的孩子，满怀着委屈和痛苦、流着眼泪，也慢慢进入了梦乡。

牵手阅读

　　本文节选了《绿山墙的安妮》中安妮被马修和马瑞拉兄妹领养的一个小片段。《绿山墙的安妮》主要讲述了孤儿安妮从一个单纯无知的女孩成长为一个成熟、稳重、知恩图报的姑娘的过程。马修和马瑞拉兄妹本来想领养一个男孩子，可阴错阳差地来了一个女孩子。马瑞拉本想将安妮送回去，因为她的家实在不需要一个女孩子。可在相处中，安妮的热情、善良感动了马瑞拉，安妮也逐渐被这个家庭所接纳。

母爱的温暖

　　她扶住我的头，轻轻地把她的额头与我的额头相贴。她的每一只眼睛看定我的每一只眼睛，因为距离太近，我看不到她的脸庞全部，只感到一片灼热的苍白。

额头与额头相贴

毕淑敏

如今，家家都有体温表。苗条的玻璃小棒，头顶银亮的铠甲，肚子里藏一根闪烁的黑线，只在特定的角度瞬忽一闪。捻动她的时候，仿佛是打开裹着幽灵的咒纸，病了或是没病，高烧还是低烧，就在焦灼的眼神中现出答案。

小时家中有一枚精致的体温表，银头好似一粒扁杏仁。她装在一支粗糙的黑色钢笔套里。我看过一部反特小说，说情报就是藏在没有尖的钢笔里，那个套就更有几分神秘。

妈妈把体温表收藏在我家最小的抽屉——缝纫机的抽屉里。妈妈平日上班极忙，很少有工夫动针线，那里就是家中最稳妥的所在。

大约七八岁的我，对天地万物都好奇得恨不能吞到嘴里尝一尝。我跳皮筋回来，经过镜子，偶然看到我的脸红得像在炉膛里

烧好可以夹到冷炉子里去引火的炭煤。我想我一定发烧了，我觉得自己的脸可以把一盆冷水烧开。我决定给自己测量一下体温。

我拧开黑色笔套，体温表像定时炸弹一样安静。我很利索地把她夹在腋下，冰冷如蛇的凉意，从腋下直抵肋骨。我耐心地等待了五分钟，这是妈妈惯常守候的时间。

终于到了。我小心翼翼地拿出来，像妈妈一样眯起双眼把她对着太阳晃动。

我什么也没看到，体温表如同一条宁澈的小溪，鱼呀虾呀一概没有。

我百般不解，难道我已成了冷血动物，体温表根本不屑于告诉我了吗？

对啦！妈妈每次给我夹表前，都要把表狠狠甩几下，仿佛上面沾满了水珠。一定是我忘了这一关键操作，体温表才表示缄默。

我拈起体温表，全力甩去。我听到背后发生犹如檐下冰凌折断般的清脆响声。回头一看，体温表的扁杏仁裂成无数亮白珠子，在地面轻盈地溅动……

罪魁是缝纫机板锐利的折角。

怎么办呀？

妈妈非常珍爱这支体温表，不是因为贵重，而是因为稀少。那时候，水银似乎是军用品，极少用于寻常百姓，体温表就成为一种奢侈。楼上楼下的邻居都来借用这支表，每个人拿走她时都说：请放心，决不会打碎。

现在，她碎了，碎尸万段。我知道任何修复她的可能都是痴心妄想。

我望着窗棂发呆，看着它们由灼亮的柏油样棕色转为暗淡的树根样棕黑。

我祈祷自己发烧，高高地烧。我知道妈妈对得病的孩子格外怜爱，我宁愿用自身的痛苦赎回罪孽。

妈妈回来了。

我默不作声。我把那只空钢笔套摆在最显眼的地方，希望妈妈主动发现它。我坚持认为被别人察觉错误比自报家门要少些恐怖，表示我愿意接受任何惩罚而不是凭自首减轻责任。

妈妈忙着做饭。我的心越发沉重，仿佛装满水银（我已经知道水银很沉重，丢失了水银头的体温表轻飘得像支秃笔）。

实在等待不下去了，我飞快地走到妈妈跟前，大声说：我把体温表给打碎了！

每当我遇到害怕的事情，我就迎头跑过去，好像迫不及待的样子。

妈妈狠狠地把我打了一顿。

那支体温表消失了，它在我的感情里留下一个黑洞。潜意识里我恨我的母亲——她对我太不宽容！谁还不失手打碎过东西？我亲眼看见她打碎一个很美丽的碗，随手把两片碗碴一摞，丢到垃圾堆里完事。

大人和小人，是如此的不平等啊！

不久，我病了。我像被人塞到老太太裹着白棉被的冰棍箱里，从骨头缝里往外散发寒气。妈妈，我冷。我说。

你可能发烧了。妈妈说着，伸手去拉缝纫机的小抽屉，但手臂随即僵在半空。

妈妈用手抚摸我的头。她的手很凉，指甲周旁有几根小毛刺，把我的额头刮得很痛。

我刚回来，手太凉，不知你究竟烧得怎样，要不要赶快去医院……妈妈拼命搓着手指。

妈妈俯下身，用她的唇来吻我的额头，以试探我的温度。

母亲是严厉的人。在我有记忆以来，从未吻过我们。这一次，因为我的过失，她吻了我。那一刻，我心中充满感动。

妈妈的口唇有一种菊花的味道，那时她患很重的贫血，一直在吃中药。她的唇很干热，像外壳坚硬内瓤却很柔软的果子。

可是妈妈还是无法断定我的热度。她扶住我的头，轻轻地把她的额头与我的额头相贴。她的每一只眼睛看定我的每一只眼睛，因为距离太近，我看不到她的脸庞全部，只感到一片灼热的苍白。她的额头像碾子似的滚过，用每一寸肌肤感受我的温度，自言自语地说：这么烫，可别抽风……

我终于知道了我的错误严重性。

后来，弟弟妹妹也有过类似的情形。我默然不语，妈妈也不再提起。但体温表树一样栽在心中。

终于，我看到了许多许多根体温表。那一瞬，我脸上肯定灌满贪婪。

我当了卫生兵，每天需给病人查体温。体温表插在盛满消毒液的盘子里，好像一位老人生日蛋糕上的银蜡烛。

多想拿走一支还给妈妈呀！可医院的体温表虽多，管理也很严格。纵是打碎了，原价赔偿，也得将那破损的尸骸附上，方予补发。我每天对着成堆的体温表处心积虑摩拳擦掌，就是无法搞到一支。

后来，我做了化验员，离温度表更遥远了。一天，部队军马所来求援，说军马们得了莫名其妙的怪症，他们的化验员恰好不

在，希望人医们伸出友谊之手。老化验员对我说，你去吧！都是高原上的性命，不容易。人兽同理。

一匹砂红色的军马立在四根木桩内，马耳像竹笋般立着，双眼皮的大眼睛贮满泪水，好像随时会跌跪。我以为要从毛茸茸的马耳朵上抽血，战战兢兢不敢上前。

兽医们从马的静脉里抽出暗紫色的血。我认真检验，周到地写出报告。

我至今不知道那些马们得的是什么病，只知道我的化验结果起了至关重要的作用。

兽医们很感激，说要送我两筒水果罐头作为酬劳。在维生素匮乏的高原，这不啻一粒金瓜子。我再三推辞，他们再四坚持。想起人兽同理，我说，那就送我一支体温表吧！

他们慨然允诺。

春草绿的塑料外壳，粗大若小手电。玻璃棒如同一根透明铅笔，所有的刻码都是洋红色的，极为清晰。

准吗？我问。毕竟这是兽用品。

很准。他们肯定地告诉我。

我珍爱地用手绢包起。本来想钉个小木匣，立时寄给妈妈。又恐关山重重雪路迢迢，在路上震断，毁了我的苦心。于是耐着性子等到了一个士兵的第一次休假。

妈妈，你看！我高擎着那支体温表，好像她是透明的火炬。

那一刻，我还了一个愿。她像一只苍鹰，在我心中盘桓了十几年。

妈妈仔细端详着体温表说，这上面的最高刻度可测到 46 摄氏度，要是人，恐怕早就不行了。

我说，只要准就行了呗！

妈妈说，有了她总比没有好。只是现在不很需要了，因为你们都已长大……

合欢树

史铁生

世界上有一种最美丽的声音，那便是母亲的呼唤。

——但丁①

十岁那年，我在一次作文比赛中得了第一。母亲那时候还年轻，急着跟我说她自己，说她小时候的作文作得还要好，老师甚至不相信那么好的文章会是她写的。"老师找到家来问，是不是家里的大人帮了忙。我那时可能还不到十岁呢。"我听得扫兴，故意笑："可能？什么叫可能还不到？"她就解释。我装作根本不再注意她的话，对着墙打乒乓球，把她气得够呛。不过我承认她聪明，承认她是世界上长得最好看的女的。她正给自己做一条蓝底白花的裙子。

---

① 但丁：13世纪末意大利诗人，欧洲文艺复兴时代的开拓人物之一，代表作《神曲》。

　　二十岁，我的两条腿残废了。除去给人家画彩蛋，我想我还应该再干点别的事，先后改变了几次主意，最后想学写作。母亲那时已不年轻，为了我的腿，她头上开始有了白发。医院已经明确表示，我的病情目前没办法治。母亲的全副心思却还放在给我治病上，到处找大夫，打听偏方，花很多钱。她倒总能找来些稀奇古怪的药，让我吃，让我喝，或者是洗、敷、熏、灸。

　　"别浪费时间啦！根本没用！"我说，我一心只想着写小说，仿佛那东西能把残疾人救出困境。

　　"再试一回，不试你怎么知道会没用？"她说，每一回都虔诚地抱着希望。然而对我的腿，有多少回希望就有多少回失望，最后一回，我的胯上被熏成烫伤。医院的大夫说，这实在太悬了，对于瘫痪病人。这差不多是要命的事。我倒没太害怕，心想死了也好，死了倒痛快。母亲惊惶了几个月，昼夜守着我，一换药就说："怎么会烫了呢？我还直留神呀！"幸亏伤口好起来，不然她非疯了不可。

　　后来她发现我在写小说。她跟我说："那就好好写吧。"我听出来，她对治好我的腿也终于绝望。"我年轻的时候也最喜欢文学。"她说。"跟你现在差不多大的时候，我也想过搞写作。"她说。"你小时候的作文不是得过第一？"她提醒我说。我们俩都尽力把我的腿忘掉。她到处去给我借书，顶着雨或冒了雪推我去看电影，像过去给我找大夫，打听偏方那样，抱了希望。

　　三十岁时，我的第一篇小说发表了。母亲却已不在人世，过

了几年，我的另一篇小说又侥幸获奖，母亲已经离开我整整七年。

获奖之后，登门采访的记者就多，大家都好心好意，认为我不容易。但是我只准备了一套话，说来说去就觉得心烦。我摇着车躲出去，坐在小公园安静的树林里，想：上帝为什么早早地召母亲回去呢？迷迷糊糊的，我听见回答："她心里太苦了。上帝看她受不住了，就召她回去。"我的心得到一点安慰，睁开眼睛，看见风在树林里吹过。

我摇车离开那儿，在街上瞎逛，不想回家。

母亲去世后，我们搬了家。我很少再到母亲住过的那个小院儿去。小院儿在一个大院儿的尽里头，我偶尔摇车到大院儿去坐坐，但不愿意去那小院儿，推说手摇车进去不方便。院儿里的老太太们还都把我当儿孙看，尤其想到我又没了母亲，但都不说，光扯些闲话，怪我不常去。我坐在院子当中，喝东家的茶，吃西家的瓜。有一年，人们终于又提到母亲："到小院儿去看看吧，你妈种的那棵合欢树今年开花了！"我心里一阵抖，还是推说手摇车进出太不易。大伙就不再说，忙扯些别的，说起我们原来住的房子里现在住了小两口，女的刚生了个儿子，孩子不哭不闹，光是睁着眼睛看窗户上的树影儿。

我没料到那棵树还活着。那年，母亲到劳动局去给我找工作，回来时在路边挖了一棵刚出土的"含羞草"，以为是含羞草，种在花盆里长，竟是一棵合欢树。母亲从来喜欢那些东西，但当时心思全在别处。第二年合欢树没有发芽，母亲叹息了一回，还不舍得扔掉，依然让她长在瓦盆里。第三年，合欢树却又长出叶子，而且茂盛了。母亲高兴了很多天，以为那是个好兆头，常去侍弄她，不敢再大意。又过一年，她把合欢树移出盆，栽在窗前的地上，有时念叨，不知道这种树几年才开花。再过一年，我们搬了家。悲痛弄得我们都把那棵小树忘记了。

与其在街上瞎逛，我想，不如就去看看那棵树吧。我也想再看看母亲住过的那间房。我老记着，那儿还有个刚来到世上的孩子，不哭不闹，瞪着眼睛看树影儿。是那棵合欢树的影子吗？小院儿里只有那棵树。

院儿里的老太太们还是那么欢迎我，东屋倒茶，西屋点烟，送到我跟前。大伙都不知道我获奖的事，也许知道，但不觉得那很重要；还是都问我的腿，问我是否有了正式工作。这回，想摇车进小院儿真是不能了，家家门前的小厨房都扩大，过道窄到一个人推自行车进出也要侧身。我问起那棵合欢树。大伙说，年年都开花，长到房高了。这么说，我再看不见她了。我要是求人背我去看，倒也不是不行。我挺后悔前两年没有自己摇车进去看看。

我摇着车在街上慢慢走，不急着回家。人有时候只想独自静静地待一会儿。悲伤也成享受。

有一天那个孩子长大了，会想到童年的事，会想起那些晃动的树影儿，会想起他自己的妈妈，他会跑去看看那棵树。但他不会知道那棵树是谁种的，是怎么种的。

牵手阅读

本文用朴实无华的语言谱写了一曲感人至深的追忆母爱之曲。曲中音符如行云流水般演绎着，敲击着每一位读者的心。作者在前部分沿着回忆的路径重现了母亲的两个身影，以时间为序，信笔而书，笔触所至，无不渗透深情，行文如水流成溪，质朴中尽显风采。文章自始至终都没有正面描写过"合欢树"，只是借回忆之手，托他人之语，一一交代"合欢树"的情况，不着一笔，却尽显风采。

母亲的故事是一盏灯

安武林

　　很小的时候，母亲给我讲过很多很多故事。那些故事我记忆犹新。我知道我无论长多大，走多远，都不会忘记那些苍老而又温暖的故事。它们就像我生病的时候，被输进血管之中的药液一样，已经和我的血液融为一体了。

　　母亲讲过的那些老故事，已经变成了陈旧的文物，它们陈列在我遥远的记忆之中。在今天，它们是寒碜、单调、苍白而又罕见的。我的人格、处世准则之中，依稀可见那些老故事的影子。也许有人会惊讶地说："你怎么是这样的一个人？"我会尴尬但毫不羞愧地说："我是不可改变的。"也许用无法改变更妥帖一些。因为，我是从母亲的老故事中走出来的。

　　母亲的老故事，使我对人生有所畏惧。很小，我便懂得了人不得不有所畏惧的道理。但凡是人，只要你热爱生命，不想早死，

你就得遵守一些约定俗成的规矩。母亲讲过,骂人是要遭报应的,龙王爷会把他抓到天上去的。她说有一个媳妇在河边洗衣服,其他的妇女问她:"你洗的是谁的衣服呀?"那位妇女尖刻地说:"是那个老不死的(公公)皮。"话音未落,乌云遮住了太阳,不一会儿电闪雷鸣,河中发现几条五颜六色的大虫子。天空晴朗时,在河边洗衣服的其他妇女惊呆了,刚才骂她老公公的女人消失了,而她的衣服还在那儿。母亲说,那个女人让龙王爷抓走了。

　　我很惧怕,这种惧怕的结果,使我对电闪雷鸣心有余悸,而且也不敢骂人。虽然母亲的故事是荒诞不经的,我的知识足以戳穿其中的不合理性及迷信色彩,但那种恐惧的经验在我身上已经根深蒂固了。母亲的故事影响了我,使我长大以后还给别人留下一个懦弱的错觉。我不够勇敢,也较少具有男子汉的气魄。在我的人生历程中,有许多令人啼笑皆非的故事。那一切,都是母亲导演的喜剧。我从不认为那是悲剧。另一方面,母亲的故事使我能够正确认识贫困和对待贫困,即便在最贫困的岁月里,我也能对人生抱有美好的憧憬和期待。母亲说过一个以砍柴为生的孤儿的故事,他救了一只受伤的老虎,老虎给了他一张美女画。以后他每天打柴时,就有人给他做好了饭菜。他觉得很惊奇。有一天,他没有打柴,而是躲在门口观察,后来他发现从画里走出一个妙龄女子,他冲进去抱住了那个女子,那个女子再也没有走进画中,而做了他的妻子。我相信贫困之中的人不失其诚实、勤劳、善良的本色,他的生活一定会出现奇迹的。

　　由于我不够勇敢，所以我拥有了足以可以改变自己命运的耐力、毅力和韧力。我的坚强与乐观是不易察觉的。失学和在乡村劳作的日子里，我从未怨尤过命运的不公与家境的贫困。母亲根本没有意识到，她的故事已经成了我为人处世的准则和自己人生路上的一盏灯。也许，她仅仅是为满足我的好奇心才给我讲这些故事的。我毫不怀疑，她的一生也是那么做的。但可惜的是，她直到临终也未等到老天的恩赐，而一直含辛茹苦地生活在不幸和穷困之中。

　　母亲的老故事已经很老了，没有人会对它发生兴趣。这个时代已经丢弃了很多不该丢弃的东西，母亲的老故事不过是微不足道的一部分。我不知道还有什么样的故事能有如此巨大的魅力，使我动心、倾心，使我兴奋，使我畏惧，而对我的一生能有深远的影响。母亲的故事，是在油灯下讲给我听的，所以我还记住了那忽明忽暗、摇曳不定的油灯。感谢九泉之下的母亲，给了我一盏永远不会熄灭的灯。

　　因为有了这盏灯，我才不致迷失……

动物的温情

　　她长咩了一声，突然，纵身一跃，朝悬崖外跳去。我想灰额头作为羊，与生俱来就有种对豹子的仇恨情结；可作为奶妈，在哺乳过程中又产生了无法割舍的恋子情结。这两种情结互相对立，水火不能相容，所以她才会先将豹孤儿撞下悬崖，然后自己再坠崖身亡。

羊奶妈和豹孤儿

沈石溪

　　一日清晨，我起来上厕所，刚拉开房门，又像触电似的将门关上并扣紧了门闩：一只浑身布满金钱环纹的豹子，正卧在我的院子里呢！我好生奇怪，忍不住从窗子里往外看，她的一条腿血肉模糊，原来是一只残疾豹！

　　她见我隔着窗棂注视她，便挣扎着向院子里那棵石榴树挪去，我很纳闷儿，开了门，小心翼翼地走过去看个究竟。原来石榴树下，躺着一只小豹。我突然产生了一种大胆的设想，这只残疾豹，大清早跑到我的院子里，她是出于无奈才找来的；她是一只哺乳期的母豹，不幸的是，在人们捕猎时后肢受了重伤，找不到食物，她也就分泌不出芬芳的乳汁，刚生下不久的几只小豹崽一只接一只饿死，最后只剩下这只小豹崽了，也已饿得奄奄一息；她晓得自己活不长了，不愿失去最后一个小宝贝，就忍着伤痛，叼着豹

崽，借着夜色的掩护，从山上爬进山寨。

动物也知道：也许世界万物，人有时是最善良的。

我仿佛受到了某种神秘的启示，弯腰抱起豹崽，并亲了亲她毛茸茸的脸颊。残豹眼里露出了欣慰的表情，豹尾缓慢地在空中划了一个圆圈，便僵然不动了。

我给豹崽起名叫豹孤儿。刚巧，我放牧的羊群里一只才出生两天的羊羔在过河时一脚踩滑溺死了，我便把母羊牵到院子里来，打算用羊奶喂豹孤儿。母羊叫灰额头，她一见豹孤儿，惊慌地咩咩叫起来，如临大敌，在院子里躲闪。我没办法，只好把那只溺死的小羊羔的皮剥下来，做了条羊皮坎肩，裹在豹孤儿的身上。

当我再次把乔装打扮后的豹崽送到灰额头身边时，灰额头先是用疑惑的眼光朝我手中半羊半豹的怪物看了又看，又用鼻吻在豹孤儿身上嗅了好一阵，脸上渐渐露出惊喜的表情，我赶紧将羊奶头塞进豹孤儿的嘴里，洁白的羊奶流了出来。灰额头的脸上浮现出一层母性圣洁的光辉。

因为有灰额头陪伴，也因为有那条羊皮坎肩，众羊们只是对长相很别致的豹孤儿好奇地围观了一番，便认同她有权留在羊群里。

豹羊同圈，天敌变朋友，堪称世界奇迹，我想。

很快，豹孤儿长得几乎和成年羊一般大了。

一天下午，豹孤儿和一只名叫一团雪的小白羊你追我、我追你地打闹玩耍，豹鼻子被羊角撞了一下，她嗷咩嗷咩叫着。一团雪高兴得忘乎所以，豹孤儿一蹿，上了两米多高的一棵树上。一团雪追到树下，咩——咩——高叫着，意思好像在说：你别逃到树上去哇，有种你下来。嗷咩，豹孤儿气愤地叫了一声，突然从树上扑了下来。森林里，金钱豹最拿手的狩猎方式就是出其不意地从树上扑下来，把猎物压死。这是豹子的一种本能，虽然谁也没有教过豹孤儿，豹孤儿自己就会了。

豹孤儿正落在一团雪的羊头上，可怜的一团雪发出一声哀叫，嘴角涌出一口血沫。豹孤儿伸出舌头去尝试羊血的滋味。嗷——咩，她兴奋地叫了一声，好像无意中破译了生存的奥秘，她沉睡的食肉兽本能被唤醒了，她压抑的兽性释放了，吮吸着热乎乎的羊血。

羊群从四面八方涌过来，她们目睹了事情的全部经过，羊群开始咩——咩——地包围豹孤儿，豹孤儿做出一种典型的豹子扑食的姿势来，她的嘴上还沾着羊血，完全是恶魔的形象，对羊来说。这时，灰额头很快奔了过来，把豹孤儿带离了羊群，豹孤儿听话地跟在灰额头后面。

自从小白羊一团雪惨遭不幸后，母羊灰额头的日子是越来越不好过了。无论大羊、小羊、公羊、母羊，都对灰额头侧目而视，都像躲避瘟疫似的躲着灰额头。

灰额头好像也明白羊群之所以恐惧自己、仇恨自己的原因，有时候，她会无缘无故地朝豹孤儿发脾气，咩咩呵斥。有一次，豹孤儿用爪子拍死一只老鼠，叼在嘴里，跑到灰额头面前去报功，

灰额头恶心得打了个响鼻，举起羊蹄，把豹孤儿踩得哇哇乱叫，灰额头仍不罢休，又追上去，狂踩乱踏，好像要把豹孤儿活活踩成肉酱；豹孤儿哀号着，在地上打滚，灰额头好像突然间后悔自己不该如此粗暴，跪卧下来，羊脸在豹脸上摩挲着，温柔地咩叫着，神情显得十分伤感。

一天傍晚，我把羊群赶回羊圈，灰额头和豹孤儿正要走进羊圈时，头羊二肉髻突然率领四只大公羊，把门堵死，不让灰额头进去。我正想上前干涉，跟在灰额头身后的豹孤儿先我一步，噭地怒吼一声，扑过去，豹孤儿虽然还是幼豹，但为母抢路心切，一下就把二肉髻扫倒在地，羊鼻也被抓破了，汪汪流出血来；豹孤儿似乎对羊血鲜红的颜色和甜腥味有一种过敏，噭——兴奋地叫了一声，跳了过去，身体盖在二肉髻身上，就要去吮吸二肉髻脸上的羊血。我赶紧一把揪住豹孤儿，把她从二肉髻身上拖下来。二肉髻早已吓得魂飞魄散，夺路而逃；羊群呼啦一声都逃出羊圈，豹孤儿气昂昂地带着灰额头走进羊圈去。

天快黑了，任凭我怎么吆喝，羊群也不肯归圈。直到羊群目睹我把灰额头和豹孤儿牵出羊圈，羊群这才跟着二肉髻进到羊圈。

那天夜里，灰额头在院子里咩——咩——凄凉地叫了整整一夜。

翌日，我把羊群赶到百丈崖上放牧。灰额头独自登上悬崖，扬起脖子，咩——咩——发出一种呼叫声：是母羊在深情地呼唤羊羔。正在一块岩石背后捉老鼠的豹孤儿听到叫声后，尽快奔到百丈崖上，扑到灰额头的怀里，交颈厮磨，互相舔吻，一幅动人的母子亲情图。

就在这时，发生了我做梦也想象不到的事，灰额头转到悬崖里侧，脑袋顶在豹孤儿的背上，好像要亲昵地给豹孤儿梳理皮毛。可突然间，灰额头后腿一挺，用力向豹孤儿的腰间撞去；豹孤儿站在悬崖外侧面，离峭壁只有一尺之遥，没任何心理准备，冷丁被猛烈一撞，跌倒在地，朝悬崖外滚去，好一阵，山谷下面传来物体砸地的訇然声响。

我惊得目瞪口呆，不知该怎么办才好。这时，头羊二肉髻率领羊群爬上悬崖，走到灰额头面前，用羊脸去摩挲灰额头的脖颈，表达赞许和嘉奖；许多公羊和母羊也都热情地围上去，咩咩地柔声叫着，表示欢迎灰额头回到羊群的大家庭里来。

当二肉髻那张喜滋滋的羊脸碰到灰额头脖颈的一瞬间，灰额头浑身颤抖了一下，如梦初醒般望着二肉髻，脸上浮现出一种惊悸骇然的表情。她长咩了一声，突然，纵身一跃，朝悬崖外跳去。我想灰额头作为羊，与生俱来就有种对豹子的仇恨情结；可作为奶妈，在哺乳过程中又产生了无法割舍的恋子情结。这两种情结互相对立，水火不能相容，所以她才会先将豹孤儿撞下悬崖，然后自己再坠崖身亡。

贫民区里的猫

[加]西顿　李祥　译

　　每当汉姆林推动着猫食车，拉长声音叫喊着"猫——食，猫——食"的时候，几乎附近全部的猫，都会飞快地朝他奔过来。汉姆林是一个既粗野又肮脏的小个子，每走五十码的路程，就会停下手里推着的猫食车，从车厢当中取出一支肉叉，将上面喷香的煮猪肝分发给围着他转的一大群猫。别看聚集过来的猫一批又一批，加起来至少也有几百只，汉姆林其实真的对她们每一只都非常熟悉。哪只猫的主人付给了他多少钱、哪只猫他必须给予格外优惠，哪只猫的主人拖欠了猫食钱，他都记得牢牢的。还有很多猫，跟随在这些"贵族"猫的后面，汉姆林的"社会登记簿"上并没有她们的名字，但是这股诱人的香气将她们牢牢地吸引住了，于是她们锲而不舍地紧紧跟随在其后面，憧憬着能够捡到一些残羹剩食，或者是找准机会去抢到一些。

这些追随者当中，就有贫儿的妈妈，一只已经无家可归的流浪瘦灰猫。她正在为她居住在冷僻阴暗角落当中的家庭找食物，她一边注意着手推车的四周，一边警惕着可能出现的狗的袭击。有一只跟她遭遇相仿的大雄猫，猛地一下扑到一只刚刚领完猪肝的小猫身旁，意图抢走其口粮，为了自卫，小猫只能扔下猪肝进行反抗，这时候，灰猫妈妈伺机将那块猪肝一口就叼走了。她找了一个安静的角落，坐下来开始大吃一顿，随后返回垃圾场，她和孩子们就住在这里的一只破饼干箱子当中。突然，她听到了一阵急切的求救声，她看见一只又大又黑的雄猫，正在不慌不忙地残忍杀害着她的孩子。尽管那只雄性的大黑猫的身材要比她大得多，但作为妈妈，她自然毫不犹豫地冲上去。雄性的大黑猫像所有做坏事被抓了个现行的人一样，吓得赶紧溜掉了。

灰猫回家一看，一窝小猫就只有一只幸存下来，那就是小贫儿。小贫儿长得非常像妈妈，不过毛色显得更鲜明，灰色的毛皮夹杂有一些黑色斑点，鼻子、耳朵与尾巴尖上，还有一些白毛。灰猫妈妈伤心了许多天后，才集中精力过来照顾这个死里逃生的可怜孩子。

一天晚上，灰猫妈妈突然闻到一股极为新奇的香味，比汉姆林猫食车上面飘来的香味还要诱人。灰猫妈妈追寻着香味，来到河边的码头上，除去阴暗的夜色，这里没有丝毫可以隐蔽的地方。突然，她的死对头，码头上的那只狗猛地冲过来，拦住了其退路。没办法，她只好跳到那只正在散发出香味的船上，被带到远方，

从此再也没有露过面。

　　小贫儿就这样一夜之间变成了孤儿，她饿着肚子苦苦等待妈妈回来，等啊，等啊，后来实在是饿得太厉害，就自己跑出去寻找食物。她在垃圾堆当中到处翻找，只要觉得是可以吃的东西，都去嗅了嗅，结果什么食物也没能找到。后来，她爬上了一道木台阶，一直走到马莱的鸟兽商店的地下室门口，门此时正好敞开着，她于是就走了进去。

　　屋子当中充满了强烈的古怪气味，四周到处都是大大小小的笼子，里面关有各种各样的奇怪动物。一位黑人懒洋洋地坐在屋角的一只箱子上面，看见有一只小猫走过来，便好奇地望着她。小贫儿东瞅瞅、西看看，走过关有兔子的笼子，来到关着狐狸的笼子前。她把脑袋伸过去嗅了嗅，朝着饲料盆走去。趴到笼子角落当中的狐狸猛地冲过来，一下子就把小猫抓住了。假如不是那个黑人跑过来及时搭救她，就算她有九条命，也只能完蛋了。

　　马莱回来时，小贫儿正在黑人的大腿上睡觉呢。他专门依靠倒卖鸟兽来维持自己的生活，知道什么样的鸟兽才可以赚到钱，很显然，这只小猫对他没有丝毫用处。于是，黑人让小猫饱餐一顿，然后把她带到离这里很远的地区，扔到一片堆满了废铁的荒地上。

　　小贫儿在一堆堆废物的周围，好奇地游荡着。天黑时，她觉得有点儿饿，就依靠还比较灵敏的嗅觉，在废铁场的角落当中找到了一个废弃的食物罐头，吃到了一些还蛮可口的食品，接着又在一只放在水龙头下的水桶当中喝了些水。现在，她又有精神开始闲逛了，把时间全都花费在熟悉废铁场上，开始了一段比较悠闲自在的生活。

日子就这样一天天地过去，小贫儿过得很是逍遥，每天除了睡觉之外，就是到处找废罐头吃，就这样饥一顿饱一顿地勉强度日，她总算是一天天长大了。不过，废罐头也不是总有的。有一次，她连续三天都没有找到食物，饿得头昏眼花，盯着废铁场附近那叽叽喳喳的麻雀两眼放光。可是，那些小鸟非常机灵，总是可以及时逃掉。小贫儿尝试过很多次，结果都失败了，于是她深信这些麻雀如果能被逮住的话，一定会是非常美味的食物。

后来，她饿得实在是不行了，便冒着危险跑到大街上面，浑水摸鱼，抢到一块猫食。从那以后，她逐渐熟悉了远近地区的各个街道，还爱上了罗马天主教会，她认为那里是个供应废弃食品罐头的好地方，可以找到许多非常鲜美的鱼肉屑。她还认识了那个猫食贩子汉姆林，学会了紧跟在手推车后面等待机会。

有一天清晨，小贫儿发现有一户人家门前新送来的牛奶瓶的盖子裂了，聪明的她很快就学会了打开盖子喝牛奶。牛奶的美味让她欲罢不能，她开始渐渐扩大搜索范围，在清晨寻找那些瓶盖有问题的牛奶瓶，最后竟然返回了她出生的地方——鸟兽商店后面的那片堆满了垃圾桶与垃圾箱的地方。

小贫儿实在是太兴奋了，这才是自己真正的家乡啊！她的心里充满了高度的归属感，安然地定居了下来。虽然这里的食物并不是很多，也缺水，但有时可以抓住迷路的老鼠，还不至于太过

挨饿。此时，小贫儿已经完全长大了，外形与老虎很相似，浑身呈浅灰色，那四个美丽的白点，给她增添了很多独特的魅力。

有一天，那只曾经伤害过小贫儿兄弟姐妹的大黑猫朝她走来，小贫儿一见她，赶紧溜进了垃圾箱里面藏起来。这时，又走来了一只黄猫，跟黑猫激烈地搏斗起来。最后，小贫儿跟胜利者黄猫比尔成了夫妻，还在十月时生下了五只小猫崽，变成了快乐的猫妈妈。令人不可思议的是，她还收养了一只迷失了路途的小兔子，完全把她当成自己的亲生孩子，同小猫一起抚养。两个月后，马莱发现了这群刚出世不久的小猫，吩咐黑人过去打死他们。正当黑人将小猫们一只接一只地打死在垃圾堆中时，小贫儿叼着一只大老鼠回来了。马莱看到叼着老鼠的大猫，又看见那窝里面的小兔子，心生恻隐，手下留情，没有杀死小贫儿，将她与小兔子一起带回店里进行喂养。

马莱主要依靠收留或将偷来的小猫小狗养大并转手卖出去赚钱，他非常希望能参加尼克波克上流社会猫狗展览会，好去见识一下那些非常珍奇的好猫好狗。可是，像他这种身份的人，连门都无法进去。有一天，他突然发现小贫儿那一身与众不同的皮毛，于是就想出了一个鱼目混珠的好办法。黑人山姆非常努力地配合老板，为小贫儿伪造出一个非常高贵的身份，名为"皇家阿纳洛斯坦"。然后戴着从别人那里借来的大礼帽，装成一位体面而显得有些傲慢的管家，将小贫儿送去参展。

展览会开幕当天，成排的豪华马车与黑压压地戴着大礼帽的贵宾，震惊了马莱。他胆战心惊地抵达会场，看门人见他有入场券，才勉强放他进了门。大厅里一排一排地放着关有参展宠物的笼子，每个笼子前面都铺设有高贵的天鹅绒地毯。马莱东瞧瞧，西望望，跑遍了外面的过道，看到了很多获奖的猫，就是没能望见小贫儿。他不敢打听自己的猫究竟在哪里，要是被人拆穿了骗局，后果简直是不堪设想。他以为一定是裁判员已经将小贫儿淘汰了，那又有什么关系呢，他马上就可以前往里面的展厅，看到那些最为高贵的猫了。

高级展区那里已经挤满了人，还有两个警察在帮助维持秩序，马莱从大家的议论当中得知，那里展出的是一只最为高贵、最为罕见、最为出色的极品猫。展览会的主持人带领着杂志社的美术家来了，要为这只"展览会上的明珠"做一些素描。这时有人问主持人，猫的主人是否愿意高价将这只猫卖给她。主持人回答，猫的主人是一位不容易接近的大富翁、大绅士，原本不太愿意让自己的宝贝前来参展。

马莱在人群当中挤来挤去，想目睹这只超级名贵的金奖猫。终于，他望见那只笼子了，顿时，他被彻底惊呆了，简直不敢相信自己的眼睛。他屏住呼吸，又仔细瞧了瞧。呀，在那四名警察守卫下的镀金笼子里，趴在天鹅绒垫子上的猫，居然是他的小贫儿！她身上的毛灰中带黑，显得油光锃亮，蓝幽幽的眼睛正半闭着，朝那张图画上面的一只猫望着，由于被一群大惊小怪的人们围在中间，显露出一副厌烦的样子。

　　已经飘飘然的马莱站在那里等候了好几个小时，仔细聆听着人们对小贫儿的赞美之词。他实在是太得意了，又为自己不可以光明正大地露面而倍感失落。展会结束后，在"管家"山姆的交涉之下，小贫儿被高价卖给了某位富豪，住进了豪华的大房子里。

　　在新主人的家里，她的一切行为都被贴上了极度高贵的标签。她拒绝所有人的爱抚，被认为是绅士般高不可攀的优雅品质；她躲开狗的追踪，逃到了餐桌的中央，被看作是怕那只狗碰脏了她；她总是试图去袭击金丝雀，被认为在北方家乡已经看惯了这种暴虐行为；她不喜欢那只铺有丝质垫子的睡篮，是由于那个睡篮太普通；她竟然连麻雀都抓不到，是因为她从小到大一直被娇生惯养。总之，新主人觉得她极为高贵，大家都很宠爱她、欣赏她、赞扬她。

可是，小贫儿开始非常想家，她一点都不快乐，只想尽快离开这里。她被人严密地看守着，从来不许外出。有一天，她趁着仆人清晨外出送垃圾时，溜出大门，飞快地逃走了。她不知道家的方向究竟在哪里，仅靠着自己的感觉前进。一路上，她在码头、车站、人群、猫、狗当中不断穿梭，遇到了各种小危险。终于，在太阳再次升起之前，她迈着疲惫的脚步返回了鸟兽商店后面的垃圾场当中，这才是她心目中的家啊！

又累又饿的小贫儿跑到地下室寻找食物，山姆与马莱看到了她，非常惊讶，随即喜出望外，这又成了他们再发一笔横财的大好机会。结果可想而知，小贫儿又被送回到了新主人那里，被看管得越发严密了，想找一个逃出去的机会极度困难。她还是越来越想念自己的家，任何美味在她嘴里都完全失去了味道。在新主人带她前往千里之外的乡下去度假时，小贫儿再次找到了逃走的时机。所有的动物都拥有一种辨别方向的特殊能力，依靠这种奇妙力量的指引，小贫儿朝西边跑去，她坚信家一定就在那边。在铁路上奔跑时，她遇到过好几只长有雪亮红眼睛的黑色怪物，发出轰隆隆的巨大咆哮声，还大声喘着气。其实，在去乡下时，小贫儿曾经坐过火车，只是她当时是被蒙在笼子当中的，不知道就是这些黑色大怪物——火车将她带到了乡下。她认为这些大怪物正在追赶她，于是她拼命狂奔。

小贫儿历经十天的艰苦跋涉，甚至有一次还上错了渡船，历尽千辛万苦之后，终于又返回到她最为熟悉的街道。她是那么欢欣鼓舞，心情是如此愉快，只要再转一个弯，就能够回到自己的老家啦！可是，那条街居然不见了！小贫儿简直无法相信自己的眼睛！以前那些东倒西歪、七零八落的房子已经彻底变成了废墟，连她最为熟悉的气味也都彻底消失了，只有那些残留的柱子与人行道的标识还能让她坚信：她原来的家就是在这里的，鸟兽商店也在这儿，过去的垃圾场也在这儿。

　　小贫儿非常难过，异常沮丧，她不顾危险，放弃了一切至高享受希望回到家乡，可她的家如今已经不存在了！她在外面游荡数月后，又返回那片废墟上。那里正热火朝天地施工，有些新大楼已经彻底完工了。小贫儿忍饥挨饿，于是偷偷地溜到大楼门前的一只铅桶那里，希望从那里找些食物吃。可惜，铅桶是用来装大扫除的垃圾的，根本没有食物。小贫儿非常失望，不过也有一点令她十分欣慰的地方，她在铅桶的桶把上面闻到了一股熟悉的气味。正当她研究气味的归属时，把铅桶放到那里的黑人出来了，居然是山姆！山姆一看到小贫儿，惊喜极了，赶紧拿来午饭给她。起初，小贫儿还有些不是很信任他，嗅了嗅食物，才安心地吃起来。从那以后，每当她饿时，就会到这里来找山姆。她越来越信赖山姆，他成了小贫儿唯一的伙伴。有一天，小贫儿的运气非常好，抓到了一只超大的老鼠。她衔着死老鼠，准备找一个地方藏起来，留待以后食用。在路上，她遇见了那只码头上的狗，于是不由自

主地朝大楼门前跑过去，她的朋友山姆就居住在那里。

山姆正在门口恭送一位穿着华丽的人，那个人看到衔着大老鼠的小贫儿，又听山姆说这里的老鼠全都被小贫儿捉光了，于是决定出钱买猫食给她。当老猫食贩子再次来到已经美化的新街区时，那些猫又像过去那样蜂拥而至，接受他们应得的那份食物。现在，小贫儿再也无须渴望地跟随在那些猫后面等待机会了，现在她每天都可以理直气壮地享受到猫食车当中最大的一块食物，她的生活过得极为完美，既没有丧失自由，也不用为食物操心，这是她以前想都不敢去想的事情。更令她感到自豪的是，她可以抓住麻雀了，而且第一次就抓到了两只。

山姆呢，依然会时不时地把"皇家阿纳洛斯坦"卖掉，因为他清楚小贫儿过几天一定会再次回来。小贫儿也逐渐懂得宽恕他了，知道他需要存钱来实现自己的理想，甚至有时还极为配合他。在吃猫食的几百只猫当中，"皇家阿纳洛斯坦"被公认是最好的猫。不过，尽管她享受着安逸的生活，有着极高的地位，她最喜欢的，依旧是在傍晚时偷溜出去，到贫民区当中兜兜圈子。

老马威尼

沈石溪

云南多山，交通不便，边远地区运送货物，全靠畜力，故而马帮盛行。

其实，称为马帮，还不如称为骡帮更确切些，因为即使是一支有几十匹脚力的马帮，也只有一两匹马，其余的都是骡子。骡子是马和驴的杂交，体格普遍比马大，虽不及马奔驰如风，但耐力强，善于在陡峭的山路负重驮远；且不像马那么挑嘴，半筐青草、一块豆饼即可喂饱，成本比养马低廉得多。因此，工于算计的马帮头，都愿意要骡子。

但一支马帮，无论大小，不能清一色都是骡子，起码要有一两匹马。骡子在其他方面虽然都比马强，但胆量却奇小。在荒山野岭里行走，免不了会遭遇危险，骡子反应迟钝，更缺乏应付危机的胆魄和智慧，非要马带头奔逃，骡子才会跟着马一起逃命。

马在关键时刻是骡子的主心骨。

老马威尼就是一匹杰出的头马，在我们曼广弄寨子的马帮里已服役了十多年。据马帮头召光甩说，威尼曾两次救了马帮。

第一次是马帮在打洛江边歇息打尖，刚卸下驮鞍，一公一母两只大狗熊从江边的一片芦苇丛里跃出来，骡子都吓得趴在地上起不来了，等着狗熊来宰割；威尼嘶叫着，举起前蹄朝狗熊猛踢，独自和两只大狗熊周旋了十来分钟，坚持到赶马人闻讯赶到。

第二次是马帮过流沙河，踩着齐腿儿深的河水刚来到河中央，突然，上游传来如雷轰响。正值汛期，洪峰就要到了，高山峻岭，河床陡峭，一眨眼的工夫，河水就猛涨到一米多深，淹没了骡马的脊背；这还是洪峰在小试锋芒，要不了几分钟，排浪就会铺天盖地飞流直下，像恶魔似的将一切都吞噬掉。骡子都慌了神，任凭赶马人怎么吆喝，怎么鞭赶，也只在原地陀螺似的旋转。关键时刻，又是威尼嘶鸣一声，鬃毛飞扬，水花四溅，拼命朝对岸奔去；榜样的力量是无穷的，骡子们就像黑夜里迷失方向时抬头望见了北斗星一样，跟着威尼迅速登上了岸。回头望时，河中央已是浊浪翻滚一片汪洋。

我被调进曼广弄寨马帮队时，威尼已牙口十八。人十八一朵花，马十八豆腐渣。她紫酱色的皮毛褪尽了光泽，鬃毛斑驳，脊梁凹陷，像一弯缺乏美感的下弦月，眼睛里不断分泌出浊黄的眼屎，招引得一群苍蝇老在她马脸周围飞舞，就像一串行星有规律地绕着恒星运转一样。她不仅模样憔悴衰老，腿力也不行了，别

说驮沉重的货物，就是一架木制的空货鞍放在她背上，她走的时间长了也会四腿打战。

但召光甩仍舍不得她退役，他说："有威尼在，我心气儿就壮，再凶险的路途，我也敢走。她不能驮东西，就让她空着身走。"

春天是马帮运输的繁忙季节，我们启程将一批景德镇瓷器送往缅甸的勐捧。中途要翻越嘎农山。这是一座喀斯特地貌的石山，悬崖峭壁间凿出一条宽仅一米的羊肠小道，左边是百丈深渊，右边是笔陡的绝壁，长约一华里，地势十分险峻，就像悬空走钢丝一般，诨名就叫鬼见愁。别说骡马了，人在上面走也会心惊胆寒。

好几匹骡子挤在鬼见愁路口，畏畏缩缩，怎么推也不敢上前。召光甩牵着威尼走进鬼见愁，骡子们才战战兢兢地跟上来。

威尼不愧是一匹富有经验的头马，神态安详，不急不躁，一步步顺着羊肠小道往前走。她的稳健谨慎，就像高效镇静剂，使整队骡马的情绪平稳得就像在平坦的草原上消闲溜达。

很快，我们就要走完一华里的险途。召光甩牵着威尼，只差几步就跨出鬼见愁了。就在这时，突然，路口刮来一股阴风，还混杂着一股浓烈的腥臭。我就跟在威尼身后，看得清清楚楚，她荒草般芜杂的鬃毛倏地竖直起来，耷拉在股间的尾巴唰地举平，马头嘣地弹高，浑浊的马眼骇然发亮，干皱的上下嘴唇洞开错位，显然，她发现了让她极度惊恐的危险，正要高声嘶鸣报警呢。

我的心陡地提到了嗓子眼。她一嘶鸣，背后唯马首是瞻的三十多匹骡子肯定乱成一锅粥，会掉头夺路奔逃。他们驮着又高又大的货鞍，别说掉头了，稍一转身，货鞍就会抵在绝壁上，不可避免地被弹出羊肠小道，摔下深渊。混乱中，还极有可能把夹在中间的几位赶马人也挤下悬崖去呢！

马帮头召光甩眼疾手快，一把拉住缰绳，勒紧辔嚼，强迫威尼将涌到舌尖的嘶鸣声咽了下去。

鬼见愁出口处的茅草丛里，闪过一片斑斓，幽暗的草丛深处，一双贪婪而又饥渴的铜铃大眼，射来两道坚硬锐利的光。

哦，前头有一只拦路虎！

我们的处境极其危险，退是不可能退回去的，虽然带着几支猎枪，却不敢用，枪声一响，骡子就会受惊炸窝，后果不堪设想。

威尼扭着脖子，踢蹬前腿，出于一种本能的恐惧，竭力想转身退却。跟在后面的骡子们虽然并不知道究竟发生了什么事，但从老马威尼惊慌失措的表情和动作中，感受到某种威胁正在逼近，都不约而同地停了下来，扬鬃翘尾，惶惶四顾。

一群惊弓之鸟。大厦即将倾倒。千钧一发的危急关头。召光甩用胳膊搂住马脖子，竭尽全力让威尼保持安静。他的手在她的脊背和胸前来来回回抚摸着，人脸贴着马脸，一遍又一遍地摩挲。

"我的威尼，哦，我的老威尼，哦，我的好威尼，现在，只有你能救整个马帮了。你是一匹忠诚的好马，你知道你现在该怎么做。我只能指望你了，我的好威尼。"召光甩附在威尼的耳边深情地说着。

说也奇怪，老马威尼好像听得懂他的话，情绪慢慢平静下来，

不再要扬鬃嘶鸣，也不再要蹦跶转身；她垂下脑袋，凝视着地面，就像哲学家在沉思；她缓缓地重新昂起头来，脸色坚毅沉稳，似乎还隐含着一丝无奈的悲哀。

"去吧，我的好威尼。"召光甩在马屁股上轻轻拍了两掌。

老马威尼眼睛一片潮湿，抖抖鬃毛，迈步向前。

我不知道一个生命走向虎口、走向深渊、走向毁灭、走向地狱时会是一种什么样的心情。我只看见，老马威尼小跑着，没有嘶鸣，也没有拐弯，从容不迫地穿过鬼见愁路口那丛山茅草。惨惨阴风和那股浓烈的腥臭味，也尾随着老马威尼渐渐远去。

整个马帮平安地通过了鬼见愁，走下山箐时，这才听见远方传来虎的啸叫和马的悲鸣。

名著 大冒险

　　财宝通常都在十分奇特的地方
埋着，哈克——有时是在岛上，有
时装在朽市箱子里，埋在一棵枯死
的大树底下，就是半夜时分树影照
到的地方；不过，多数情况下都是
藏在有鬼的房子里的地板下面。

鬼屋寻宝 ①

[美]马克·吐温　夏华　编译

"我们到什么地方挖呢？"哈克问。

"噢，好多地方都行哪。"

"怎么，难道到处都有财宝藏着呀？"

"不，当然不是。财宝通常都在十分奇特的地方埋着，哈克——有时是在岛上，有时装在朽木箱子里，埋在一棵枯死的大树底下，就是半夜时分树影照到的地方；不过，多数情况下都是藏在有鬼的房子里的地板下面。"

"是谁埋的呢？"

"嘿，还会有谁？当然是强盗们喽——难道是主日学校的校长不成？"

"我不知道。换了我，我才不把它给埋起来，我会拿出去花掉，

———————————
①本文节选自《汤姆·索亚历险记》。

痛痛快快地潇洒一回。"

"我也是。但是，强盗们不这样干。他们总把钱埋起来，就撒手不管了。"

"莫非他们不想再返回来拿了？"

"不，在他们看来总有一天他们会回来取的。可是，他们要不是忘记当初留下的标记，就是死了。总之财宝就在那存放了好多年，都上锈了。渐渐地等到后来，就有人发现一张变了色的旧字条，上面写着如何去找那些记号——这种字条要花一个星期才能读通，因为纸上大多都是些象形文字和图案。"

"象形——象形什么？"

"象形文字——图画之类的玩意儿，你知道那玩意儿看上去，好像没有什么意思。"

"你得到那样的字条了吗，汤姆？"

"还没有。"

"那么，你打算如何去找那些记号呢？"

"我不需要什么记号。他们喜欢将财宝隐藏在有鬼的房子下面或是一个岛上，再不就埋在枯死的树下面，那树上有一独枝伸出来。哼，我们已经在杰克逊岛上找过一阵子了，今后我们仍有可能再去做做看。在鬼屋河岸上，有间闹鬼的老宅，那儿还有许许多多的枯树——多得不得了呢。"

"下面全埋着财宝吗？"

"瞧你说的！怎么可能全都有！"

"那么，你怎么知道该在哪一棵下面挖呢？"

"所有的树下面都要挖一挖。"

"哎，汤姆，这样干，恐怕得找上一整个夏天。"

"哦，那又怎么样？想想看你挖到一个铜罐子，它的肚子装有一百块银圆，都生了锈，变了颜色；或者挖到了一只箱子，里面尽是些钻石。你觉得会如何？"

哈克的眼睛闪闪发亮了。

"那可真太棒了。对我来说，简直棒极了。你只要把那一百块银圆给我就得了，我可不想拿钻石。"

"好吧。不过，钻石我是不会随便扔掉的。有的钻石一颗就值二十美元——有的也不那么值钱，可至少也能卖个一块两块的。"

"哎呀！是真的吗？"

"那当然啦——人人都这么说。你连粒钻石都没瞧见过，哈克？"

"记忆中好像没见过。"

"嗨，那些国王每个人的手里都有好多好多的钻石。"

"唉，汤姆，我一个国王也不认识呀。"

"这我知道。不过，你要是到欧洲去，你就能看到一大群国王，到处乱窜乱跳。"

"他们乱窜乱跳？"

"什么乱窜乱跳——你个笨蛋！不是！"

"哦，那你刚才说他们什么来着？"

"真是瞎胡闹，我想说的是你能瞧见他们——当然不是乱窜乱跳——他们乱窜乱跳干什么？——不过，我是说你会看见他们——用通俗的话说就是到处都有国王。比方说那个驼背的理查老国王。"

"理查？他的姓？"

"他没有什么姓。国王只有名，没有姓。"

"没有姓？"

"确实没有。"

"唉，要是他们喜欢，汤姆，那也好；不过，我不想当国王，只有名，没有姓，像个奴隶似的。得了，我问你——你想要从什么地方挖起？"

"嗯，我也不知道。我们先去鬼屋河岸对面的小山上，从那棵枯树开始挖，你说好不好？"

"我同意。"

于是，他们弄到一把一只脚的铁镐，一把锹，踏上了三英里的路程。等到达目的地，俩人已经热得满头大汗，气喘吁吁，于是往就近的榆树下面一躺，歇歇脚。

"我喜欢干这活儿。"汤姆说。

"我也是。"

"喂，我说哈克，要是在这儿我们发现了财宝，你打算怎么花你的那份呢？"

"嗨，我就天天吃馅饼，喝汽水，有多少场马戏，我就看多少场，场场不落。我保准过得快快活活。"

"嗯，不过你不打算攒点儿钱吗？"

"攒钱？干什么用？"

"时间长着呢，你好拿它过生活呀。"

"哦，那没用的。我爸迟早会回到镇上，如果我不快点儿花完的话，他一准会手伸得老长，抢我的钱。告诉你吧，他会很快把钱花得一个子儿不剩。你的那份如何花呢，汤姆？"

"我打算买一面新鼓，一把货真价实的宝剑，一条红领带和一只小斗犬，还要娶个老婆。"

"娶老婆！"

"是这么回事。"

"汤姆，你——喂，你的脑子有问题啦。"

"等着看好吧，你会明白的。"

"唉，要娶老婆，你可真傻帽儿透了。看看我爸跟我妈。穷争恶吵！唉，他们的吵架就没有停下来的时候。"

"那没什么大不了。我要娶的这个女孩子可不会跟我吵架。"

"汤姆，依我看女人都是一个德行，她们都会跟你胡搅蛮缠。你最好事先多想想。我劝你三思而后行。那个妞儿叫什么？"

"她不是什么妞儿——是个女孩子。"

"反正都一样，我想；有人喊妞儿，有人喊女孩儿——都是一码子事，一样。噢，对了，她到底叫什么来着，汤姆？"

"等以后再告诉你——眼下还不是时候。"

"那好吧——以后告诉就以后告诉吧，只是你成了家就孤独了我喽。"

"那怎么会呢，你愿意的话就搬来和我一起住。咱们还是别谈这些，动手挖吧。"

他们干了半个小时，大汗淋漓却什么都没挖着。他们又拼命地干了半个钟头，还是一无所获。哈克说：

"他们全是藏得这样深吗？"

"有时候是的——不过不全是这样，一般是不会这样的。"

"我想我们是不是没找对地方。"

于是，他们又换了个新地方，开始挖起来。他们干得不快，但是不管怎么说总有点儿进度。他们坚持不懈，默默地干了一段时间。最后，哈克倚着铁锹，用袖子抹了把额头上豆大的汗珠，说道：

"挖完这个，你还打算去什么地方挖？"

"我想咱们也许可以到那儿去挖，卡第夫山上寡妇家后面的那棵老树下面。"

"那地方不错。可是，难道那寡妇不会将东西从我们这夺过去，汤姆？那可是在她家的地上呀。"

"夺过去！说得倒轻松，叫她试试看。谁找到的宝藏，就该归谁，这与谁家的地没任何关系。"

这种说法令人满意。他们又继续挖了起来。后来，哈克说：

"可恶，咱们准是又挖错了地方。你看呢？"

"这就怪了，哈克。我真搞不懂。有时候，巫婆会暗中捣鬼。我猜问题出在这儿。"

"胡说！青天白日的巫婆没法发挥魔法。"

"对，这话不假。我没想到这一点。啊，我知道问题出在哪儿了！我们可真是可恶的蠢货！你得搞清楚夜半时分，那个伸出的树杈影子落在什么地方，然后就在那里开挖才行呀！"

"可不是吗。真是的，我俩傻乎乎地白挖了一场。真可恶，咱们得半夜三更跑到这儿来。这路可不近呀！你能溜出来吗？"

"我看我能出来。咱们今晚非来不可，因为要是给旁人看见这些坑坑洼洼，他们立刻就会知道底下有哪些东西，他们也会跟着来挖的。"

"那么，我今晚就到你家附近学猫叫。"

"好吧。咱们将工具放在灌木丛里藏好吧。"

当夜，两个孩子果然如约而来。他们坐在树荫底下等着。这是个偏僻的地方，又值夜半，迷信的说法把这地方搞得阴森森的。远处不时传来沉沉的狗吠，一只猫头鹰阴森地厉叫着。

过了一会儿，汤姆和哈克计算着十二点差不多到了，便在有树影的地方做了标记，开始挖起来。

他们专心致志地挖掘，越挖越有劲儿。每当听到有东西碰击铁锹发出声响时，他们就认为找到宝藏了。可是每一次都大失所望，碰着的只不过是石头或者木头而已。

"哈克，我们大概又弄错地方了。"

"绝对没有错，我们把树影子的方位画得很正确，怎么会错呢？"

"也许是在别的方面出了差错。"

"哪方面？"

"也许是时间不准！"

哈克把铁锹往地上一丢。

"我们没表，只能估计时间。我总觉得有一个可怕的东西在跟着我，我怕死了。"

"是啊，我也很害怕，听说强盗埋藏财宝的时候，还要在上面埋个死人。"

"为什么要埋死人？"

"让他保护宝藏啊！"

两个人说着忍不住靠在了一起。

"汤姆，你不是在骗人吧？"

"我不骗你，别人都这么说。"

"汤姆，遇到死人会倒霉的，我可不喜欢这鬼地方。"

"我也一样，说不定死人会探出头来说话……"

"汤姆，你说得太吓人了。"

"啊！哈克，我感到好难受呀。"

"喂，汤姆，我们还是到别处瞧瞧吧！"

"好，去哪里呢？"

汤姆想了想，说：

"去那幢经常闹鬼的房子好吗？"

"不，汤姆，闹鬼的地方更可怕。"

"你说错了，鬼一般都在夜里出现，我们白天去怕什么？"

"可是，就是白天也没人敢进去呀！"

"咳，几年前在那间屋子里死过人，因此大家都不敢进去。可是，除了晚上看见一些蓝色的火光之外什么事都没发生过。"

"说不定那就是鬼火呢。"

"反正他们到晚上才出来，我们白天去没有什么好怕的。"

"既然这样，我们就再去冒一回险吧。"

两人边说边走下山去。

遍地杂草丛生，台阶半掩，烟囱坍塌，窗框空空荡荡，屋顶一个犄角也塌掉了。两个孩子看了一会儿，想见一见窗户边有蓝幽幽的火光飘过；在这种特定的氛围里他们一边压低了嗓音说着话，一边尽量靠右边走，远远躲开那间鬼屋，穿过卡第夫山后的树林，回家去了。

第二天中午，两个孩子来到了枯树那儿。汤姆急不可耐地要到那个闹鬼的屋子去；显然哈克也想去，可却突然说："喂，我说汤姆，你知道今天是什么日子？"

汤姆脑海中闪过一遍这个星期的日子，接着迅速地抬起眼睛，一副惊讶的表情。

"我的妈呀！哈克，我为什么一次也没往这儿琢磨！"

"哦，我也是的，不过，我刚才忽然想起今天是星期五。"（星期五是基督耶稣受难的日子，所以基督徒们认为星期五是个不吉利的日子。）

"真该死，哈克，做人还是要谨慎小心些为妙。我们在这个日子干这种事情，也许会有大灾。"

"也许？不如说必定有大灾！要是换成别的日子，说不定会有救，可是今天不成。"

"任何一个蠢货都清楚这一点。不过，哈克，我想除你之外，还有别人明白这个理。"

"哼！我说过就我一人明白了吗？糟糕的还不仅仅是星期五，昨儿夜里我做了个极其恐怖的梦——梦见耗子了。"

"真是瞎胡闹！一准要倒霉了。它们打架了吗？"

"没有。"

"嗯，这还行。哈克，梦见耗子但没梦见它们打架，这说明要有麻烦事了。我们要小心翼翼，设法避开它就没事了，今天算了，去玩吧。哈克，你知道罗宾汉吗？"

"不知道。他是谁？"

"嘿，这你都不知道。他是英国最崇高英勇的人之一，他是个强盗。"

"天哪，真了不起，我要也是就好了。他都打劫哪些人呀？"

"他劫富济贫，抢的都是郡长、主教、国王之类的富人。他从来不抢穷人，还跟他们平分抢来的东西。"

"嗯，他一定是个好汉。"

"那还用说，哈克。噢，他真了不起。我从来没见过这样高尚的人。我敢说现在没有这样的人了。我这么跟你说，他一只手背在后面就能把任何人打倒。他要是拿起那把紫杉木弓，一英里半开外就能射中一角钱的分币，百发百中。"

"紫杉木弓是什么东西？"

"我也不清楚，总之是一把弓就是了。他如果射偏了，就会号啕大哭。哈克，我们来做罗宾汉的游戏吧！我想一定很有意思，我来教你。"

"好的。"

于是，整整一下午他们都在玩罗宾汉的游戏。

星期六中午刚过不久，两个孩子又来到那座鬼屋。他们在屋中环视了一周，没什么发现，便想上楼看看。楼上的情景与楼下的一样破落。他们很快发现墙角处有个壁橱，好像里面有点儿看头，可结果是一无所有。这时的他们胆子大多了，勇气十足。正当他俩准备下楼察看时——

"嘘！"汤姆说。

"怎么啦？"哈克脸色吓得发白，悄悄地问道。

"嘘！……那边……听到了吗？"

"听到啦！……哦，天哪！我们快逃吧！"

"安静！别动！他们是对着门走过来的。"

两个孩子趴在楼板上，眼睛盯着木节孔，在等着，害怕得要命。

"他们停下了。……不——又过来了……来了。哈克，别再出声，天哪，真希望我能跑出这个地方！"

进来了两个男人，两个孩子都低低自语道："一个是那个又聋又哑的西班牙老头，近来在镇上露过一两次面，另一个是陌生人。"

"另一个人"穿得破旧不堪，蓬头垢面，脸上表情令人难受；西班牙老头披一条墨西哥花围巾，脸上长着密密麻麻的白色络腮胡子，头戴宽边帽，长长的白发垂下，鼻子上架一副绿眼镜。进屋后，"另一个人"正小声说着什么，两人面对门，背朝墙，坐在地板上，那讲话的人仍在不停地说，声音也越来越大：

"不行，"他说，"我仔仔细细地考虑过了，我还是不想干，这事太危险。"

"危险！"那又聋又哑的西班牙人嘟囔着说，"没出息！"两个孩子见此大吃一惊。

这个声音吓得两个孩子喘不过气来，直发抖，是印第安·乔的声音！沉默了一会儿，乔说："哪还有事情比在上面干的那件事更冒险的，可并没有出差错。"

"那可不一样，那是在河上面，离得又很远，附近又再没有其他屋子，我们试了没干成，这不会有人知道。"

"再说，大白天溜到这儿来，还有比这更冒险的吗？——谁看见都会起疑心。"

"这我知道。可是干了那傻事后，没有比这更方便的地方了。

我早琢磨着放弃这烂房子啦。昨天就想走，可是那两个可恶的小子在山上玩，他们看这里一清二楚，想溜是不可能的。"

"那两个可恶的小子"一听就明白了，因此抖个不停；暗自惊喜自己竟然没忘了昨天是星期五，便商量等一天再说，觉得真是幸运，心里想，就是已等了一年，也心甘情愿。

那两个男人拿出些食品作午饭，印第安·乔仔细沉思了许久，最后说："喂，小伙子，你暂时返回河上游你自个儿的地界，在那等我的消息。我要进一趟城，去探探风声。等我觉得平安无事时，我们再去干那件危险的事情。完事就一起到得克萨斯州去！"

这听上去令人颇为高兴，两人随即打了个呵欠，印第安·乔说：

"我困得要命！该轮到你望风了。"

他蜷着身子躺在草上，紧接着呼噜声就来了，同伴推了他一两次，他就不打鼾了。不久望风的也打起瞌睡，头越来越低，这回俩人都睡了过去。

两个孩子深深地吸了口气，真是谢天谢地。汤姆低声说：

"时机到啦——快点！"

哈克说："不行，要是他们醒来，那我非吓死不可。"

汤姆催他走——哈克老是不敢动。结果汤姆慢慢站起身，轻轻地一人往外走。但踏出的头一步就在那腐朽的地板上弄出了让他心惊肉跳的吱吱声，吓得他立即趴下，像死了一样，他不敢再动一下，两个孩子躺在那里一分一秒地数着时间，似有度日如年之感，最后他俩觉得日子终于熬到了头，看到日落西山，心中充满感激之情。

这时一个人的呼噜声止住了。印第安·乔坐起来，朝四周张望。同伴头垂到膝上，他冷冷地笑笑，用脚把他踹醒，然后对他说：

"喂，你就是这样望风的，幸亏没什么事发生。"

"天哪，我睡过去了吗？"

"伙计，差不多，差不多，该开路了，余下的这点钱财如何处理？"

"像以前那样，放在这里，等往南方去的时候再捎上它。背着六百五十块银圆走可不是件容易的事情。"

"好，再来一次也没什么关系。"

"不，得像以前一样，最好晚上来。"

"对，不过，干那事可能要等很长时间，也没准出了点儿意想不到的事儿，这地方并不绝对保险，我们干脆把它埋起来——埋得深深的。"

"好办法。"同伴说道。他穿过房间，跪着掀起壁炉后面的一块石块从中掏出了一个发出悦耳的叮叮声的袋子，自己拿出二三十美元，又给印第安·乔拿了那么多，然后把袋子递给乔，他正跪在角落边，用猎刀在挖东西。

两个孩子立刻抛掉了一切的惧怕和忧虑。他们按住内心的喜悦，观察着他们的一举一动。运气！想都不敢想的好运气！六百块大洋满能够让六个孩子成为小财主了！真是找宝碰到好运气，

不费吹灰之力，到那里一挖，准没错。

忽然乔的刀遇到了些东西。

"喂！"他说。

"怎么回事？"他的同伴问道。

"快要烂的木板——不，肯定是个箱子，帮帮忙，看看是做什么用的。不要紧，我已经把它给弄了个洞。"

他伸出手把箱子拽出来——

"哥们儿，是钱！"

两个人细心地端详着那一捧硬币，是金币。上面的两个孩子也同他们一样地激动、高兴。

乔的同伴说：

"咱们快点儿干吧。我刚才看见壁炉那边拐角处的草堆中有把生锈的铁锹。"

他跑过去拿回两个孩子的工具：十字镐和铁锹，挑剔地看了一番，摇摇头，自言自语地嘟囔了一两句，然后开始挖了起来。箱子很快被挖了出来，外面包着铁皮，不太大，如果不是天长日久的腐蚀，它本来是很耐用的。那两个男人对着宝箱，喜滋滋的，不言不语。

"哥们儿，箱子里有一千块钱。"印第安·乔说道。

"以前常听说，有年夏季莫列尔那帮人来过这一带活动。"陌生人说。

"这事我知道。"印第安·乔说，"照我看来，确是有这档子事。"

"你就没必要去做那件事啦。"

印第安·乔皱起眉头说道：

"你不了解我，至少你不全知道那件事。那不完全是抢劫——那是复仇啊！"他的眼里猛地闪出一副凶相毕露的神情，"这事得你帮我，干完活就到得州去，回去看你老婆和孩子们，等我的消息。"

"好——如果是这样的，那么这箱金币怎么办？——再埋在这里？"

"对,（楼上高兴得欢天喜地。）不！老天爷！绝对不行！（楼上的情绪一落千丈。）我差点儿忘了，那把铁锹上还有新泥土呢！（孩子马上吓得魂飞天外。）这里要锹和镐头干什么？是谁放在这儿的？——人呢？听见有人吗？看见了吗？好家伙，还要把箱子埋起来，那他们一来这儿就会发觉有人动过这土？不行，这样不妥，我们把箱子拿到我那里去。"

"说得对呀，理所应当。早该想到这主意，你是说要拿到一号去？"

"不，是二号，十字架下面的，别的地方不行，没有特别的地方。"

"好，天快黑了，能动身啦。"

印第安·乔站起身来，在窗户间来回走动，小心地观察着外面的动静，随即他说道：

"奇怪，究竟是谁把铁锹和十字镐放到这里来的呢？人会不

会躲在楼上？"

听他这么一说，两个孩子吓得几乎停止了呼吸。

印第安·乔用手握住刀柄，停了片刻，转身上了楼梯。两个孩子准备躲进壁橱里，可是，腿却不听使唤。脚步声嘎吱嘎吱地响着，突然哗啦一声楼梯折断了，印第安·乔重重地摔在地上。

"哎哟，疼死我了。"

他一边骂着一边爬了起来，伙伴笑着说：

"你就别疑神疑鬼的啦！即便是真有人在二楼，他也别想下来了！反正楼梯塌了。我倒认为，他们看到我们还会以为是魔鬼或幽灵出现了，说不定还拼命逃跑呢！"

"嗯，你说得有道理。"

"喂，天就要黑了，趁着天亮，快走吧！"

整个屋子一下子安静了下来。随后他俩在渐渐沉下来的暮色中溜出去，带着宝箱往河那边走去。

汤姆和哈克强撑着爬起来，看着那两个坏蛋的背影消失在暮色之中。

"真悬啊！"汤姆说。

"是呀，幸亏楼梯塌了，不然后果真是不堪想象。"

"喂，哈克，我们怎么下去？"

"跳下去呀！"

"太危险了，要是摔断了腿想逃也逃不了啦。"

"那怎么办，汤姆？"

"哈克，我们在后面跟踪印第安·乔化装的老西班牙人，找出'二号'在何处，看他们把钱埋在什么地方，反正印第安·乔是到镇上找人去报仇的。"

"他所说的报仇对象，该不会是指我们吧？"

"我想不会的。"

"你怎么知道？"

"你想如果是我们的话，他肯定会说那小家伙或小鬼。"

汤姆这样安慰自己。由于出庭做证的是他，印第安·乔就是想报仇也不会去找哈克，想到这里他心里乱极了。哈克往四周看了一眼，说道：

"汤姆，别害怕，我们沿着墙壁慢慢地爬下去。"

说着，他连爬带跳地下去了，汤姆也学着他的样子下了楼。然后他们飞快地往家里跑。一路上两人都不停地埋怨自己太倒霉。汤姆气愤地说：

"真该死，我怎么把铁锹和十字镐放在那里呢。"

"是呀！可谁能想到，他们会到那里去呀。"

"要不是两件东西摆放在那里，印第安·乔就不会起疑心，而且把财宝全都带走了。"

"当然喽！我真是恨死那铁锹和十字镐了。恐怕这是我们今生最好的运气了。"

晚上，汤姆梦见所有钱都归为己有，可是一觉醒来却是两手空空。

第二天早上，汤姆躺在床上反复回忆着昨天的遭遇。可思来想去，总觉得是一场梦。过去他从没有见过五十块银币，而昨天他却一下子看见了那么多银币和金币，他自然不敢相信那会是事实！

他不断地反复回忆，昨天的情景又清晰地出现在眼前。

"这绝不是梦！还是去问问哈克吧。"

他一骨碌从床上爬起来，随便吃了点早餐就跑去找哈克了。

哈克正坐在河边的舢板上，两只脚泡在水里，显得有点儿闷闷不乐。

"喂，哈克！"

"哦，汤姆！"

沉默了一会儿。哈克说：

"汤姆，昨天要不是把那两件倒霉的东西带到那里，那些钱可能早就到我们手里了，唉，真可惜！"

"啊，哈克，咱们不是在做梦吧？"

"做梦？"

"是的，我怀疑那不是真的。"

"怎么会是梦呢？要不是楼梯塌了，恐怕你想再做梦也没有机会呢！"

"我整夜都梦见印第安·乔假扮的那个老西班牙人在追我，真把我吓坏了。"

"我们一定要找到他，把那些钱弄回来。"

"算了吧！我一看见他就全身起鸡皮疙瘩。"

"我也怕他，可是我们应该想办法跟踪他，找到'二号'呀。"

"是啊，我也在想'二号'究竟是在什么地方？"

"说不定指的是门牌号？"

"绝不是，汤姆，小镇上根本就没有这种门牌号。"

"也是，嗯，有可能是哪个旅馆的房间号码呢？"

"对了！镇上只有两家旅馆，是很容易找到的。"

"哈克，你在这儿等着，我去去就来！"

汤姆立刻出去了，他不喜欢在大众场合下和哈克在一块。他去了有半个小时，他发现在那家较好的旅馆里，二号房间长期被一个年轻的律师包下了，现在也没走。可是那家较差的旅馆，"二号"却是个谜。旅馆老板那年轻的儿子说，"二号"一直锁着，除了晚上，从来没有人进出，他也不知道为什么会这样，只觉得略有点好奇，以那房子"闹鬼"为由来满足自己的好奇心。

他发现了前天夜里屋中的灯亮着。

"哈克，这就是我调查的结果。我认为这就是我们要找的'二号'。

"我想是的，汤姆。你打算怎么办？"

"让我考虑考虑。"

想了很久之后，汤姆说：

"听着，'二号'后门通着旅馆和旧轮窑厂之间的小窄巷子。你先下去把全部房门的钥匙想方设法拿来，我去偷姨妈的，等天

一黑我们就去试门。提醒你注意印第安·乔的动静,因为他讲过要再偷偷到镇上走一遭。你如果看见他,就跟踪他;他要不进'二号',那就不是这个地方。"

"乖乖,我可不愿意一个人监视他!"

"是晚上去,他肯定看不见你——就是看见了,他可能也不会引起警觉。"

"好,如果确确实实是晚上去,我认为我会跟紧他的,不过说不准,试试吧。"

"要是天黑的话,哈克,我准会跟着他。他也许看到复仇无望,于是就会去拿那些钱。"

"说得对,汤姆,说得对,我会跟紧他的。"

"这才是好样的!别动摇呀,哈克,我是不会动摇的。"

那天晚上汤姆和哈克做好准备去冒一次险。他俩在旅馆周围转悠到九点钟后才开始行动。一个在老远处注视着小巷子,另外一个看旅馆的门。巷子里没人来往,进出旅馆的人,没有那个西班牙人的影子。

那天晚上,月色清朗,汤姆打算先回去看看,临走前他和哈克约定,如果月色转暗就来叫他,暗号仍然是猫叫。可是,当晚一直是皓月当空,大约十二点钟,哈克离开岗位去睡觉了。

接下来的两个夜晚都是月明星稀,亮如白昼。

直到星期四晚上,才不见月亮出来,四周漆黑一片。汤姆赶紧偷了姨妈的旧锡灯和一条大毛巾,悄悄地跑了出来。他把锡灯藏在哈克平时睡觉的大空桶里，和哈克一起守候着。旅馆到十一点钟就熄灯了，门也关了。

他们没看见有人进出小巷，到处漆黑一片，只听到远方偶尔传来轰隆隆的雷声。

汤姆点亮锡灯，并用毛巾把灯光罩住，两个小鬼在黑暗中偷偷地朝旅馆而来。

按照原定的计划，哈克在外面放风，汤姆摸进小巷。哈克焦急地等待着汤姆出来，可汤姆去了老半天都没见回来。

他是被人打昏了或是杀了？或者因过度恐惧或兴奋，心脏爆裂了呢？

哈克越想越害怕，不由得呼吸急促，心跳加快。突然一道微弱的光闪过，随即汤姆飞跑过来，叫道：

"快跑！赶快逃！"

哈克听了立即跟着飞跑起来。

他们一直跑到镇外的屠宰场才停下了脚步。

他们刚跑进木棚，就下起了大雨。

过了一会儿，汤姆说：

"哈克，真是吓死人了。我试了两把钥匙，我的手抖得厉害，使钥匙一直发出响声，而且，钥匙插进去后转不动，我抓着门把手一推，门竟然打开了，原来根本就没有上锁。

"我溜了进去，用灯一照……天哪，我的魂都给吓没了。"

"怎么啦，汤姆？"

"哈克，我差点儿踩着印第安·乔的手。"

"真的？"

"骗你是小狗，他摊开手臂躺在地板上，睡得很香，连太阳镜都没有取下来呢。"

"噢，那真吓死人了，你把他吵醒了吗？"

"没有，他可能是喝醉了。我当时抓起毛巾拼着命就往外跑。"

"如果是我，早就忘了拿毛巾了。"

"我要是忘了，被姨妈发现就完了。"

"喂，汤姆，你看到那只装钱的箱子了吗？"

"我没有考虑那么多，没见到箱子，也没有见到十字架；只看见扔在他身边的酒瓶子和酒杯。啊！对了，我还看见屋子里有两大桶酒和许多酒瓶子。

"哈克，现在你明白了吧！那闹鬼的屋子是怎么回事？"

"怎么回事呢？"

"呵，那里闹的是酒鬼呀！因为旅馆禁止人喝酒，为了不让警察发现才专门设了隐秘的房间喝酒。哈克，你说是吗？"

"我想是的。印第安·乔既然是喝醉了，我们不是正好可以趁机把箱子偷出来吗？"

"那么，我们就去试试吧！"

"我可不敢去。"

哈克吓得直摆手。

"嗯，我也不敢。他身边只放着一个酒瓶子，一定没怎么喝醉，要是有三个瓶子，我就敢去试一试。"

沉默了很久，汤姆说：

"喂，哈克，我们只要每天早晚都盯着点儿，他总是要出去的，我们就可以趁机把箱子弄到手。"

"好吧！以后每晚都由我负责看守，剩下时间都由你处理。"

"机会一到，你就学猫叫提醒我。我万一睡觉了，你就往窗户里丢一颗小石头，我一定会出来。"

"好，就这样。"

"雨停了，我得回去了。再过两三个小时，天就要亮了，你就回老地方看守到天亮好吗？"

"好的，你先回去。以后，我就在白天睡觉，晚上来看守。"

牵手阅读

　　《汤姆·索亚历险记》发表于 1876 年，讲述了发生在 19 世纪上半叶美国密西西比河畔的一个普通小镇上的故事。文章以作者熟悉的环境为背景，并融入了作者自身的一些丰富有趣儿的人生的经历，为我们讲述了三个顽皮可爱的孩子——汤姆、哈克贝利以及女孩儿贝基的冒险故事。小说的背景年代是在南北战争前，写的虽是小镇圣彼得堡，但从某种程度上可以说是当时美国社会的缩影。小说通过主人公汤姆的冒险经历，对美国虚伪庸俗的社会习俗、伪善的宗教仪式和刻板陈腐的学校教育进行了辛辣的讽刺和批判。

　　本章中，小鬼头汤姆又做起了强盗梦。于是，他和好朋友哈克来到了小山上的"鬼屋"，开始了他们新一轮的探险之旅。

蟾蜍历险记 ①

[英]肯尼斯·格雷厄姆　季玄　译

　　"依我之见，"首席法官兴致勃勃地说，"这件案子案情是十分清楚的，唯一的困难是，对于我们面前这个蜷缩在被告席上的无可救药的流氓，怎样才能给他点儿厉害尝尝。让我想想——他犯罪的证据确凿无疑。第一，他偷了一辆昂贵的汽车；第二，他胡乱驾驶，给公众带来危险；第三，他对警察蛮横无理。记录员先生，请告诉我们，这三条中的每一条罪行，我们能判给的最严厉的惩罚是什么？当然，我们肯定不能给他减刑，因为根本不存在这种机会。"

　　记录员用钢笔刮了刮鼻子，说："有人认为，偷汽车是最大的罪行，确实如此。不过，冒犯警察，无疑应受到最严厉的惩罚。如果说，盗车罪应处一年监禁——那是很轻的；危险驾驶应处以

　　①本文节选自《柳林风声》。

三年监禁——那也是宽大的；冒犯警察则应处十五年监禁——根据证人的证词，他的冒犯行为是十分恶劣的。三项加在一起，就是十九年——"

"好极了！"首席法官说。

"您不如干脆凑一个整数——二十年，这样更保险。"记录员加上一句。

"这个建议太好了！"首席法官赞许说，"犯人！起来，站直了。这次判你二十年监禁。记住，要是你犯法，不管是什么罪行，我们都将加重惩罚。"

随后，粗暴的警察们扑向倒霉的蟾蜍，给他戴上镣铐，拖出法庭。他一路尖叫，祈求，抗议，但还是被拖着经过了市场。那些幸灾乐祸的人嘲笑蟾蜍，向他扔胡萝卜——他们对揭露出来的罪行总是这样义愤填膺，就像有人被通缉时，他们总是表示赞同，而且愿意提供帮助一样。他被拖着走过轧轧作响的吊桥，穿过布满铁钉的铁闸门，钻过狰狞的古堡里阴森可怖的拱道，城堡中的古塔高耸入云；穿过挤满了下班士兵的警卫室，他们冲他咧嘴狞笑；经过年老的狱卒，他们把兵器斜靠在墙上，对着一块肉馅饼和一瓶黄啤酒打瞌睡；走呀走呀，走过拉肢拷问室、夹指室，走过通向秘密断头台的拐角，一直走到监狱最深处那间最阴森的地牢门前。门口坐着一个年老的狱卒，手里摆弄着一串又重又大的钥匙。他们在这里终于停住了脚。

"醒醒，老懒虫，把这个罪大恶极的蟾蜍看管起来。他是个

狡诈奸猾、诡计多端的罪犯。灰胡子老头，你要竭尽全力把他看好，如有闪失，可要拿你的老命问罪！"警官说。

狱卒阴沉地点点头，把他枯干的手按在可怜的蟾蜍肩上。生了锈的钥匙在锁眼里轧轧转动，笨重的牢门在他们身后"哐啷"一声关上了。就这样，蟾蜍成了整个欢乐的英格兰国土上最坚固的城堡里最戒备森严、最隐秘的地牢里一个孤苦伶仃的囚犯。

蟾蜍被关进了一个阴暗潮湿、臭气熏天的地牢，他知道，一座暗无天日的中世纪城堡，把他和外面的世界隔绝开来了。外面那个世界，阳光灿烂，碎石子道路纵横交错，前不久，他还在那儿尽情玩乐，好不快活，就像全英格兰的道路都被他买下了似的。想到这，他一头扑倒在地上，流着辛酸的泪，完全陷入了绝望，"一切的一切全完啦，"他不停地念叨着，"一切就这样都完蛋了！那个名声显赫、家财万贯、殷勤好客的蟾蜍，自由自在、无忧无虑、温文尔雅的蟾蜍，完啦！我胆大妄为、厚颜无耻地偷了别人漂亮的汽车，还对一大帮红脸膛的胖警察胡说八道，坐牢是我罪有应得，哪还有获释的希望！"他不由得抽泣起来，"我真蠢哪，现在，我只有在这个地牢里苦熬岁月。有一天，那些曾经以认识我为荣的人，连我蟾蜍的名字都给忘了！老獾多明智呀，河鼠多机灵呀，鼹鼠多懂事呀！他们的判断多么正确！他们看人看事，多透彻呀！唉，我这个不幸的、孤苦无依的蟾蜍哟！"他就在这样昼夜不停的哀叹中度过了好几个星期，不肯吃东西。那位板着面孔的老狱卒知道他的口袋里装满了钱，多次向他暗示，只要肯出

价，就能为他从监狱外面搞到许多好东西，甚至还有奢侈品，可他就是没有反应。

这狱卒有个女儿，她是位举止文雅而又心地善良的姑娘。在监狱里帮着父亲干点儿轻便的杂活。她特别喜欢动物，养了一只金丝雀，鸟笼子每天就挂在厚厚的城堡墙上的一只钉子上。鸟的鸣唱，吵得那些想在午饭后打个盹儿的犯人很是恼火。夜晚，鸟笼就用布罩罩着，放在厅里的桌子上。有一天，她对父亲说："爸爸！我实在不忍心看着那个可怜的动物受罪，您瞧他多瘦呀。您让我来管他吧。您知道，我是多么喜欢动物。我要亲手喂他东西吃，还让他坐起来，干各种各样的事。"

她父亲回答说，她愿意拿蟾蜍怎么办都可以，因为他很讨厌蟾蜍。他讨厌他那副阴阳怪气、装腔作势的卑劣相。于是有一天，她就敲开蟾蜍牢房的门，去做行善的事。

"好啦，蟾蜍，打起精神来，"她一进门就说，"快坐起来，擦干眼泪，做个懂事的动物。吃一点儿东西吧。瞧，我给你拿来一点儿我的饭菜，刚出炉的，还热着呢。"

这是用两只盘子扣着的一份土豆加卷心菜，香气充满了狭小的牢房。蟾蜍正惨兮兮地伸开四肢躺在地上，卷心菜那诱人的香味钻进了他的鼻孔，一时间使他感到，生活也许还不像他想象得那样空虚绝望。但是他依然哭哭啼啼的，踢蹬着两腿，不理会她的安慰。聪明的姑娘暂时退了出去，但卷心菜的香味却留了下来。蟾蜍一边抽泣，一边用鼻子闻，慢慢地开始有了新的想法。他想

到侠义行为，想到诗歌，想到了他还要做的事情；想到广阔的草地，阳光下，微风里，在草地上吃草的牛羊；还想到蟾宫里餐桌上碗碟那悦耳的叮当声，和人们拉拢椅子就餐时凳子腿擦着地板的声音。狭小的牢房里的空气仿佛呈现出玫瑰色。他想起了自己的朋友们，他们准会想办法营救他的；他想到律师，他们一定会对他的案子感兴趣的。他是多么愚蠢，当时为什么不请几位律师。最后，他想到自己是多么绝顶聪明，足智多谋，只要肯动动自己那伟大的脑筋，世间万事他都能办到。想到这里，所有的苦恼都消失得无影无踪了。

过了几个小时，姑娘又回来了。她端着一个托盘。盘里放着一杯冒着热气的香茶，还有一碟热乎乎的抹了奶油的烤面包片。面包片切得厚厚的，两面都烤得金黄，熔化的黄油顺着面包的孔眼直往下滴，变成金黄色的大油珠，像蜂巢里淌出来的蜜。黄油烤面包的气味，使他想起自己暖融融的厨房，明亮的霜晨的早餐；想起冬日黄昏漫游归来，穿拖鞋的脚搁在炉架上，向着一炉舒适的旺火；想起心满意足的猫儿打着呼噜，昏昏欲睡的金丝雀发出的鸣叫声。蟾蜍又一次坐起身来，抹去眼泪，喝了口茶，大口大口地吃起烤面包，无拘无束地对姑娘谈起了他自己，他的房子，他在那里都干些什么，他是一位何等显要的人物，他的朋友们多么看重他。

狱卒的女儿看到，这个话题像茶点一样，对蟾蜍起了很大的作用，便鼓励他说下去。

"跟我说说你的蟾宫吧，"她说，"看来那是个美丽的地方。"

"蟾宫嘛，"蟾蜍骄傲地说，"是一所独一无二的绅士住宅。她别具一格，一部分是在14世纪建成的，不过现在安装了各种现代设施，有最新款式的卫生设备。离教堂、邮局、高尔夫球场都很近，只需要走五分钟就到，适合于——"

"上天保佑你这动物，"姑娘大笑着说，"我又不打算买下它，给我讲讲房子的具体情况吧。不过先等一下，我还是要再给你拿点儿茶和烤面包来。"

她一溜儿小跑走开，回来时又端了满满一托盘东西。蟾蜍狼吞虎咽地吃起了烤面包，情绪多少恢复过来。他给她讲他的船舱、鱼塘、砌着围墙的菜园、猪圈、马厩、鸽子笼、鸡棚、奶牛场、卫生间、瓷器柜、大壁柜（她特别喜欢听他讲这个）；讲他的宴会厅，他怎样招待其他的动物围坐餐桌旁，而他蟾蜍如何意气风发，神采飞扬。然后，她又要他谈他的动物朋友们的情况，津津有味地听他讲他们怎样生活，怎样娱乐消遣，一切一切。当然，她没有说她是把动物当宠物来喜爱，因为她知道那会使蟾蜍大为反感。最后，她给他把水罐盛满，把铺草抖松，向他道了晚安。这时，他又变成了原来的那个得意扬扬、自以为是的蟾蜍了。他唱了一两支小曲儿，就是他过去在宴会上常唱的那种歌，蜷曲着身子躺在干草上，美美地睡了一夜，还做了很多美梦。

打那以后，他们经常在一起聊天，沉闷的日子过了一天又一天。狱卒的女儿越来越替蟾蜍委屈，她觉得，这么一只可怜的小

动物，为了一件微不足道的事情，就给关在监牢里，太不应该了。蟾蜍呢，他的虚荣心又抬头了，认为她之所以同情他，完全是出于对他与日俱增的爱慕之情。只是他认为，他俩之间社会地位太悬殊，他不能不为此感到遗憾，因为她是个挺招人喜欢的姑娘，而且显然对他一往情深。

有天早上，姑娘像是有心事似的，回答他的问题时有点儿心不在焉。蟾蜍觉得，他那连篇的机智妙语和才气横溢的评论，并没引起她应有的注意。

"蟾蜍，"她开门见山地说，"请听我说，我有个姨妈，专给人洗衣服。"

"好啦，好啦，"蟾蜍温文和蔼地说，"不要为这事操心啦，我也有几个给人家洗衣服的姨妈。"

"蟾蜍，你安静一会儿好不好，"姑娘说，"你太多嘴多舌了，这是你的大毛病。我正在考虑一个问题，你却打断了我的思路。我刚才说，我有位姨妈，她是个洗衣妇，整个监狱里犯人的衣服都是她洗的——我们照例总把这类来钱的活儿留给自家人，这你明白。她每星期一上午把要洗的衣服取走，星期五傍晚再把洗好的衣服送回来。今儿是星期四。我心中所想的是：你很有钱——至少你老是这样对我说——而她很穷。几英镑，对你来说不算回事，可对她却大有用场。要是多多少少打点打点她——也就是你们动物常说的，贿赂贿赂她，我想，你们也许可以做成一笔交易：你穿上她的衣裳，戴上她的布帽什么的，装扮成专职洗衣妇，就可以混出监狱。你们俩有许多的相似之处——特别是身材。"

"我和她根本不相像，"蟾蜍没好气地说，"我身材多优美呀——就蟾蜍而言。"

"我姨妈也一样——就洗衣妇而言。"女孩说，"随你的便。你这个可恶的、骄傲的、忘恩负义的东西！我还为你难过，想帮你一把呢！"

"好，好，没关系，多谢你的好意啦，"蟾蜍连忙赔不是，"不过，问题是，你总不能让蟾宫的蟾蜍先生装成洗衣妇，满世界跑吧！"

"那你就老老实实待在这儿，当你的蟾蜍去吧。"女孩怒冲冲地说，"我想你大概是想威风凛凛地坐着四轮马车出去吧！"

诚实的蟾蜍总是乐于认错的，他说："你是一位善良、聪明的好姑娘，我确是只又骄傲又愚蠢的蟾蜍。请多关照，把我介绍给你尊敬的姨妈吧。我相信，她和在下一定能达成双方都满意的协议。"

第二天傍晚，女孩把她的姨妈领进蟾蜍的牢房，还带上本周要洗的衣服，用毛巾包好，别针别住。老太太事先已经知道了这件事，而蟾蜍又细心周到地把一些金币放在桌上显眼的地方，于是谈判马到成功，无须多费唇舌。蟾蜍的金币换来了一件印花棉布裙衫、一条围裙、一条大围巾，还有一顶褪了色的帽子。老太太提出的唯一条件，是把她捆起来，堵上嘴，丢在角落里。她解释说，凭着这样一种不太可信的伪装，加上她自己编造的一套有声有色的谎话，她希望能保住自己的饭碗，尽管事情显得十分

可疑。

蟾蜍欣然接受了这个建议。这能使他多少比较体面地离开监狱，而不辱没他那个危险的亡命之徒的英名。于是他很乐意地帮助狱卒的女儿，把她的姨妈尽量伪装成一个身不由己的受害者。

"现在，蟾蜍，该轮到你了，"女孩说，"脱掉你身上的外衣和马甲，你真够胖的！"

她一面笑得前仰后合，一面动手给他穿上印花棉布裙衫，紧紧地扣上领扣，披上大围巾，打了一个符合洗衣妇身份的褶，又把褪色的帽子的带子系在下巴底下。

"你跟她简直一模一样了，"她咯咯笑着说，"只是我可以肯定，你这辈子还从没这么体面过。好啦，蟾蜍，再见吧，祝你好运。顺着你来时走的路笔直走下去，要是有人和你说说话，你千万不要慌。不过要记住，你是一位寡妇，孤身一人在世上过活，不能失了自己的身份。"

蟾蜍揣着一颗怦怦乱跳的心，迈着尽可能坚定的步子，小心翼翼地走出牢房，走上了这条危机四伏的旅程。不过，他很快就惊喜地发现，道道关卡都一帆风顺地通过了。可是一想到自己的名声，再想到自己现在居然要狼狈地穿上女人的衣服出逃，他觉得很丢面子。洗衣妇的矮胖身材，她身上那件人们熟悉的印花布衫，对每扇锁着的小门和戒备森严的大门，仿佛都是一张通行证。甚至在他左右为难，不知该往哪边拐时，下一道门的警卫就会帮他摆脱困境，高声招呼他快些过去。因为那警卫急着要去喝茶，不愿整夜在那儿等着。真正给他带来危险的，倒是他们拿俏皮话跟他搭讪，他自然不能不当机立断做出恰如其分的回答。因为蟾蜍的自尊心很强，他们的那些打诨逗趣儿，他认为多数都很无聊笨拙，毫无幽默感可言。他简直都快要发脾气了，但他还是竭力忍住了。他得体地和他们应答着，既没有失洗衣妇的身份，又没有损自己的形象。

仿佛过了好几个钟头，他才穿过最后一个院子，谢绝了最后一间警卫室里盛情的邀请；躲开了最后一名看守佯装要和他拥抱诀别而伸出的双臂。最后，他终于听到监狱大门上的便门在他身后"咔嚓"一声关上了，感到外面世界的新鲜空气吹拂在他焦虑的额上，他知道自己现在自由了！

这次大胆的冒险，这样轻而易举就获得了成功，使他感到飘飘然。他朝镇里的灯光快步走去，但却不知道下一步该怎么办，脑子里只有一个念头，就是必须尽快离开邻近地区，因为他被迫装扮的那位老太太，在这一带是人人熟识和喜欢的一个人物。

他边走边想，忽然注意到，不远处，在镇子的一侧，有一些红绿灯在闪烁，火车头的"扑哧"声和车厢挂钩时发出的"哐当"一声声传到了他的耳朵中。"啊哈！"他想，"真走运！这会儿，火车站是我在世上最渴望的东西；而且，到火车站去不需要穿过镇子，用不着丢人现眼地和别人说东拉西了，尽管那很管用，可有损一个人的尊严。"

他径直来到火车站，看了看行车时刻表，看到有一趟大致开

往他家那个方向的车，半小时以后就开车，"天助我也！"蟾蜍说，他来了精神头，到售票处去买票。

他报了离蟾宫最近的车站的名称。他本能地把手伸进马甲的口袋去掏钱。那件棉布衫，直到这一刻一直在忠实地为他效劳，终于不服气地跳出来让他感到很难堪了。现在这件衣裳横插一手，阻碍他掏钱。像做噩梦似的，他拼命撕扯那怪东西，可那东西仿佛困住了他的手脚，还不住地嘲笑他，使他耗尽全身的力气而不能得逞。排在后面的旅客等得不耐烦了，向他提出有用或没用的建议，或轻或重的批评。最后，他突破了重重障碍，终于摸到了他素来装钱的地方，却惊奇地发现，非但没有钱，连装钱的口袋也没有，甚至连装口袋的马甲也没啦！

他惊恐万分，想起他把他的外衣和马甲，连同他的钱包、钱、钥匙、表、火柴、铅笔盒，所有的一切，全都丢在地牢里了。

他狼狈不堪，只得孤注一掷。他又摆出自己原有的派头——一种乡村绅士和名牌大学院长兼有的气派——说："唉！我忘带钱包啦，请卖给我一张票，好吗？明天我就派人把钱送来，在这一带我是知名人士。"

售票员把他和他那顶褪色的帽子盯了片刻，然后哈哈大笑说："我相信你在这一带定会出名的，要是你老耍这套鬼花招。听着，太太，请你站到一边去，你妨碍别的旅客买票！"

一位老绅士已经在他背后戳他好一阵子了，这时干脆把他推到一边，更不像话的是，竟管蟾蜍叫"太太"，这比那晚发生的任何事都更令他恼火。

他一肚子委屈，满心的懊丧，漫无目的地沿着月台走，眼泪顺着两腮滚落下来。他心想，眼看就要安全回家，想不到却因为缺少几个臭钱，因为车站办事员吹毛求疵，故意刁难，就全告吹了，真是倒霉透顶。他逃跑的事很快就会被发现，跟着就是追捕，被抓住；受辱骂，戴上镣铐，拖回监狱，又回到那面包加白水加干草地铺的苦日子。他会加倍受到看管和刑罚。哎呀，那姑娘该怎样嘲笑他啊！可他天生并不是飞毛腿，跑不快，他的体形又很容易被人辨认出来。怎么办？能不能藏在车厢座位底下呢？他见过一些小学生，把父母给的车钱派了别的用途后经常这样做，他是不是也能如法炮制？他一边合计着，不觉已走到一辆机车跟前。一位壮实的司机，一手拿着油壶，一手摸着块棉纱团，正倍加爱护地给机车擦拭，上油。

"你好，大娘！"司机说，"你遇到了什么麻烦？好像不大高兴的样子。"

"唉，先生，"蟾蜍说，又哭了起来，"我是个不幸的穷洗衣妇，不小心把所有的钱都弄丢了，没钱买火车票，可我今晚非赶回家不可，不知道如何是好。老天爷呀！"

"太糟了，"司机思忖着说，"钱丢了——回不了家——家里还有几个孩子在等你吧？"

"一大帮孩子，"蟾蜍抽泣着说，"没人给他们做饭——要玩火柴的——要打翻油灯的，这帮小东西——会吵架的。吵个没完。

老天爷！老天爷！"

"好吧，我有个好办法，"好心的火车司机说，"你说你是干洗衣这行当的，那很好。我呢，你看，是个火车司机。开火车是个脏活，我穿脏的衣服太多，我太太洗都洗烦了。要是你回家以后，替我洗几件衣服，洗好给我送来，我就让你搭我的机车。这样做虽然违反了公司的规定，不过这一带很偏僻，要求不那么严。"

蟾蜍的愁苦一下子变成了狂喜，他急急忙忙爬进驾驶室。当然，他这辈子没洗过一件衣服，就是想洗也不会，所以，他压根儿就不打算洗。不过他想着，"等我平安回到蟾宫，有了钱，有了盛钱的口袋，我就给司机送钱去，够他洗很多衣裳的，那还不是一样，说不定更好哩。"

站长挥动了他望眼欲穿的那面小旗，火车司机拉响了欢快的汽笛。火车隆隆驶出了站台。车速越来越快，蟾蜍看到两旁实实在在的田野、树丛、篱笆、牛、马，飞一般地从他身边闪过。他想到，每过一分钟，他就离蟾宫更近一些，想到同情他的朋友、衣袋里叮当作响的钱币、软软的床、美味的食物，想到人们对他的历险故事和过人的聪明齐声赞叹，想到这一切，他在驾驶室里手舞足蹈地高声唱起歌来。火车司机大为惊诧，因为洗衣妇他以前偶尔也碰到过，但这样一位洗衣妇，他可是从没见过。

他们现在已经开出去很远了，蟾蜍在考虑到家后吃什么晚餐。这时，他注意到司机把头探出窗外，用心听着什么，脸上露出疑惑的神情。接着，司机又爬上煤堆，越过车顶向后面张望。一回到车里，他对蟾蜍说："真奇怪，今晚这条线上，我们是最后一班车，可是我敢保证，我听到还有一列火车朝我们追了过来！"

蟾蜍马上收起了他那套轻浮的滑稽动作，变得严肃忧郁起来。一阵剧痛从脊梁骨传到了大腿，使他不得不坐下来，竭力不去想各种可能发生的情况。

这时，皎洁的月亮正照耀着大地，司机设法在煤堆上站稳了，可以看清他们后面长长的路轨。

他立刻喊道："现在我看清楚了！那是一辆机车，在我们同一条轨道上，飞快地开过来了！好像是在追我们！"

倒霉的蟾蜍蹲在煤末里，绞尽脑汁想脱身之计，可硬是一筹莫展。

"他们很快就追上我们了！"司机说，"机车上满是奇奇怪怪的人！那上面有手持长矛的监狱警卫；有戴钢盔的警察，手里还挥着警棍；还有一些穿得破破烂烂戴高礼帽的人，拿着手枪和手杖，即使隔这么远，也可以断定那是便衣警察；所有的人都挥着家伙，喊着同一句话：'停车，停车，停车！'"

这时，蟾蜍一下子跪在煤堆上，双手握在一起，苦苦地哀求说："救救我吧，求求你，亲爱的好心的司机先生，我把一切全都告诉你！我不是那个简单的洗衣妇！也没有什么天真的或者淘气的孩子在家等我！我是一只蟾蜍——是赫赫有名的蟾蜍先生，家里有许多田地。我凭着过人的胆识和智慧，刚刚从一座可憎的地牢里逃了出来。我坐牢，是因为仇人的陷害。要是再被那辆机车上

的人抓住，我这个可怜、不幸、无辜的蟾蜍，就会再次陷入戴枷锁、吃面包、喝白水、睡干草的悲惨境地！"

火车司机非常严厉地低头望着他，说："你给我说实话，坐牢是因为什么？"

"也不是什么大不了的事，"可怜的蟾蜍说，满脸通红，"我只不过在车主吃午饭的时候，借用一下他们的汽车；他们当时又不用，我并不是有意偷车，真的；可是有些人——特别是法官们——竟把这种粗心大意的鲁莽行为看得那么严重。"

火车司机神情非常严肃，他说："恐怕你确实是一个十恶不赦的坏蟾蜍，我有权把你交给法律去制裁。不过你现在显然是处在危难中，我不能见死不救。一来，我不喜欢汽车；二来，我讨厌开车时被警察命令停下来。再说，看到一只动物流眼泪，我于心不忍。所以，打起精神来，蟾蜍！我要尽最大的努力帮助你，咱们兴许还能挫败他们！"

他们一个劲儿往锅炉里添煤，烧得锅炉呼呼直叫，火花四溅，机车上下颠动，左右摇晃，可是追赶的机车还是渐渐逼近了。司机用废棉纱擦了擦额头，叹口气说："这样恐怕不行，蟾蜍。你瞧，他们没有负担，跑起来轻快，而且他们的机车更优良。咱们只有一个办法，也是你逃脱的唯一机会，好好听我说。前方不远，有一条很长的隧道，过了隧道，路轨要穿过一座密林。过隧道时，我会加足马力，可后面的那群家伙因为怕出事故，会放慢速度。一过隧道，我就来个急刹车。等车速慢到可以安全跳车时，你就跳下去，在他们钻出隧道、发现你之前，跑进树林里藏起来。然后我再加速前进，引他们来追我，随他们想追多远就追多远好啦。现在注意，做好准备，我叫你跳车，你就跳！"

他们又添了些煤，火车呼呼地钻进了隧道，不一会儿，他们从隧道另一端出来，又驶进新鲜空气和宁静的月光中。他们看到了铁路的两边是黑压压的树林。司机踩住刹车，蟾蜍站到踏板上，火车车速减慢到差不多和步行一样时，他听到司机一声喊："现在跳车！"

蟾蜍跳了下去，一骨碌滚过一段短短的路基，从地上爬起来，居然毫发无伤。他爬进树林，藏了起来。

他从树林里向外窥望，只见他坐的那辆火车又一次加速行进，转眼间就消失不见了。接着，从隧道里冲出那辆追车，咆哮着，尖声鸣着笛，车上那些杂七杂八的人，挥舞着各式各样的武器，高喊"停车！停车！停车！"等他们驶了过去时，蟾蜍禁不住哈哈大笑——自打入狱以来，他还是第一次这样开怀大笑。

可是，他很快就笑不起来了，因为他突然想到，这时已是深夜，又黑又冷，他来到了一座不熟悉的树林，身无分文，也没有晚饭可以吃，仍旧远离朋友和家。火车震耳的隆隆声消逝以后，四周一片寂静，怪吓人的。他不敢离开藏身的树丛，觉得离铁路越远越好，于是深深钻进林子。

在监狱里待了这么长的时间，他感到树林特生疏，特不友好，像成心捉弄他似的。夜莺单调的嘎嘎声，使他觉得林中布满了搜

索他的卫兵，从四面八方向他包抄过来。一只猫头鹰，悄无声息地猝然向他扑来，翅膀擦着他的肩头，吓得他跳了起来，心惊胆战地想，那准是一只手；接着又像飞蛾一样轻轻掠过、发出一串低沉的"嘀！嘀！嘀！"的笑声。他还碰到一只狐狸，他用一种讽刺的目光上上下下地打量他，说："喂，洗衣婆！这星期少了我一只袜子，一个枕套！下次留神别再犯！"说罢，笑嘻嘻地摇摇摆摆走开了。蟾蜍四处看，想找块石头打他，可就是找不到，更把他气坏了。最后，又冷，又饿，又乏的他找到一个树洞，躲了进去，用树枝和落叶勉强给自己铺了张床，沉沉地睡着了，直睡到天明。

绕过一个河湾，迎面走过来一匹孤零零的马。那马向前伛偻着身子，仿佛在焦虑地思考什么。马脖子上的缰绳拖在了地上，缰绳的末端滴着水珠，马往前走时，缰绳在地上留下一道长长的痕迹。蟾蜍让过马，站着等候，看命运会给他送来什么。

一只平底船滑了过来，与他并排行进。船尾在平静的水面搅起一个可爱的漩涡。船舷漆着鲜艳的色彩，和纤绳齐高。船上唯一的乘客，是一位胖大的女人。头戴一顶麻布遮阳帽，一只粗壮的胳膊搭在舵把上。

"今早天气真好呀，太太！"她把船划到蟾蜍身旁时，跟他打招呼。

"是的，太太，"蟾蜍沿着河岸和她并肩往前走，彬彬有礼地回答，"我想，对那些不像我这样焦急万分的人，确实是一个美好的早晨。你瞧，我那个出了嫁的女儿给我寄来一封十万火急的信，让我立刻去她那里，所以我就赶紧出来了。也不知道她那里出了什么事儿，或者要出什么事儿，可我心里害怕极了，太太。如果你也是个做母亲的，一定懂得我的心情。我丢下自家的活计——我是干洗衣服这行的——丢下几个小不点儿的孩子，让他们自己照料自己，那可是一群调皮捣蛋的惹祸精啊！而且，我丢了所有的钱，又迷了路。我那个出了嫁的女儿会出什么事儿，太太，我连想都不敢想！"

"你那个出了嫁的女儿住哪儿啊，太太？"船上的女人问。

"住在大河附近，"蟾蜍说，"挨着那座叫蟾宫的漂亮房子，可能就在这一带吧。你大概听说过吧？"

"蟾宫？噢，我正往那个方向去，"船上的女人说，"这条水渠再有不远就通向大河，离蟾宫不远了。上船吧，我捎带你一程。"

她把船划到岸边，蟾蜍千恩万谢，轻快地跨进船，心满意足地坐下，"蟾蜍又交上好运啦！"他心想，"吉人自有天相啊！"

"这么说，太太，你是开洗衣行业的？"船在水面滑行着，船上的女人很有礼貌地说，"那可是个不错的行当。"

"全国最好的职业！"蟾蜍飘飘然地说，"所有的有头有脸的人都来我这儿洗衣——不肯去别家，哪怕倒贴他钱也不去，就认我一家。你听我说，我对这一行非常熟，差不多干了一辈子。洗呀，熨呀，浆呀，修整绅士们赴晚宴穿的讲究衬衫——一切都是由我亲自监督完成的！"

"不过，太太，你当然不必亲自动手去干所有这些活计啰？"船上的女人恭恭敬敬地问。

"噢，我手下有许多姑娘，"蟾蜍随便地说，"经常干活的有二十来个。可是太太，你知道姑娘们都是些什么东西！邋邋遢遢的小贱货。我就管她们叫这个！"

"我也一样，"船上的女人打心眼里赞同说，"一帮懒虫！不过我想，你一定把你的姑娘们调教得规规矩矩的，是吧。你喜欢洗衣这一行吗？"

"十分喜欢，"蟾蜍说，"简直爱得着了迷。两手一泡在洗衣盆里，我就快活得了不得。我洗起衣裳来太轻松了，一点不费劲儿！我可以告诉你，太太，那真是一种享受！"

"能见到你真是太幸运了！"船上的女人若有所思地说，"咱俩确实都交上好运啦！"

"唔？这话怎么讲？"蟾蜍紧张地问。

"嗯，是这样，你瞧，"船上的女人说，"我跟你一样，也喜欢洗衣。其实，不管喜欢不喜欢，自家的衣裳，自然我都得自己洗，尽管我来来去去转悠。我那个懒丈夫为了偷懒，把这条船留给了我，让我兜生意，害得我根本没有时间去料理自己的事情。按理，这会儿他该来这儿，要么掌舵，要么牵马，可他却带上狗打猎去啦，看能不能打上只兔子做午饭。他说他会在下一个船闸那儿等我，可谁知道呢？我信不过他。他只要带上狗出去，就没个时间概念——那狗比他还要坏……可这么一来，我又怎么洗我的衣裳呢？"

"噢，别想洗衣服的事啦，"蟾蜍说，这个话题他不喜欢，"你只管一心想着那只兔子就行啦。我敢说，准是只肥肥美美的兔子。你有葱头吗？"

"我这会儿心中只有洗衣服的事，"船上的女人说，"真不明白，眼前就有一件美差在等着你，你怎么还有闲情谈兔子。船舱的角落，有我一大堆脏衣服，你只要挑出几件急需先洗的东西——我不好跟你这样一位太太直说，可你一眼就瞅得出来——把它们浸在盆里。你说过，洗衣服对你来说是一种享受，对我是一种实际帮助。洗衣盆是现成的，还有肥皂，炉子上有水壶，还有一只桶，可以用来把水从小河里提上来。那样，你就会过得很快活，总比干坐在这里，哈欠连天地看风景要好吧。"

"这样吧，你让我来掌舵！"蟾蜍说，他着实慌了，"你可以用自己的方式洗衣服。要是让我洗的话，我可能会把你的衣服洗坏，或洗得不中你的意。我习惯洗男服，那是我的专长。"

"让你掌舵？"女人大笑着说，"要给这条船掌好舵可不是件容易的事。再说，这活太枯燥了，我想让你高兴。不不，还是你干你喜欢的洗衣活，我干我熟悉的掌舵好。你可不要辜负我的这片好心。"

蟾蜍这下给逼进了死胡同。他东张西望地想找到个脱身的机会，但是离岸太远，跳过去是不可能的，只好闷闷不乐地屈从命运的安排，"既然被逼到了这一步，"他无可奈何地想，"我要是

会洗衣服，那么傻瓜也会洗了。"

他把洗衣盆、肥皂和其他洗衣用品拿了出来，胡乱挑了几件脏衣物，努力回忆他偶尔从洗衣房窗口瞥见的情形，然后开始洗了起来。

好长好长的半个钟头过去了，每过一分钟，蟾蜍就变得更加恼火。他想尽了千万种方法，可那些衣服依旧脏不可言。他又捶又打，可衣服只是从盆里冲他嬉皮笑脸，仿佛很乐意保持那副脏样子，毫无悔改之意。有一两次，他紧张地回头望了望那女人，可她似乎只顾凝望前方，一门心思在掌舵。他的腰背酸痛得厉害，两只爪子给泡得皱巴巴的，而这双爪子是他一向最珍爱的。他低声嘟囔了几句既不该洗衣妇也不该蟾蜍说的话，第五十次掉了肥皂。

一阵笑声，惊得他直起了身子，回过头来看。那女人正仰头放声大笑，笑得眼泪都流出来了。

"我一直在注意观察你，"她笑得上气不接下气地说，"从你那个吹牛劲儿，我早就看出你是个冒牌货。好家伙，还说是个洗衣妇呢！我敢打赌，你这辈子连块擦碗布也没选过！"

蟾蜍早就憋了一肚子气，这一下竟开了锅，完全失控了。

"你这个粗俗、下贱、肥胖的船婆子！"他吼道，"你怎么敢这样对上等人说话！什么洗衣妇！我要叫你认得我是谁。我是大名鼎鼎、受人敬重、高贵又显赫的蟾蜍！我目前也许有点狼狈，可我绝不允许一个划船的婆娘嘲笑我！"

那女人凑到他跟前，仔细瞧了瞧帽子底下那张脸，"哎呀呀，果然是只蟾蜍！"她喊道，"太不像话！一只丑恶的、脏兮兮的、叫人恶心的癞蛤蟆居然上了我这条干净漂亮的船，我决不能容忍这样的事。"

她放下手中的舵把，一只粗大的满是斑点的胳臂闪电般地伸过来。她抓住蟾蜍的一条前腿，另一只胳臂牢牢地抓住他的一条后腿，然后用力一甩。霎时间，蟾蜍只觉天旋地转，小船仿佛轻轻地掠过天空，耳边风声呼啸。他这时才发现自己在空中翻飞。

最后，只听得"啪"地一声，他终于落到了水里。水很凉，但还算合他的胃口，不过凉得还不够，浇不灭他的那股傲气，也没能浇灭他的满腔怒火。他胡乱打水、浮到了水面。他抹掉脸上的浮萍，头一眼看到的就是那肥胖的女人，她正从渐渐远去的小船船艄探出身来，回头望他，哈哈大笑。他又咳又呛却还叫嚷着要跟她没完。

他划着水向岸边游去，可是身上的那件棉布衫碍手碍脚。当他终于游到岸边时，又发现没人帮忙，爬上那陡峭的岸是多么费力。他只好先歇歇，喘口气，跟着，他搂起湿裙子，捧在手上，提起脚来拼命追赶那条船。他这是气昏了头，急着想要报仇。

当他跑到和船并排时，那女人还在笑。她喊道："洗衣婆，先把你自己放到洗衣机里洗一洗吧！然后再把脸用熨斗熨一熨，烫成波浪形，那样你就能变成一只标致的蟾蜍了！"

蟾蜍不屑于停下来和她斗嘴。他要的是货真价实的报复，而

不是一文不值的口头上的胜利，虽然他已经想好了几句回敬她的话。他飞快地跑，追上了那匹拖船的马，解开纤绳，并把它扔掉，然后纵身跃上马背，猛踢马肚子，催马奔跑。他骑马离开了河岸，沿着一条满是车辙的小道，向开阔的乡村奔去。有一次他回头望去，只见那拖船在河中打了横，漂到了对岸。胖女人正发狂似的挥臂跳脚，一迭声喊，"站住，站住，站住！""这种叫喊声我听得多了！"蟾蜍大笑着说，继续驱马朝前狂奔。

拖船的马缺乏耐力，不能长时间奔跑，很快就由奔驰变成了小跑，小跑又变成了缓行。不过蟾蜍还是挺满意的，因为他知道，好歹他是在前进，而那条船却停在了原地。现在他怒气全消了，心满意足地在阳光下慢慢行走，专拣那些偏僻的小径和无人涉足的小道，直到离开小河已经很远了，才想起自己许久没有吃到一顿像样的饭菜了。

他和马已经走了很远的路，暖洋洋的太阳晒得他直打瞌睡。那马忽然停下来，低头啃吃青草。蟾蜍一下惊醒过来，险些掉下马背。他环顾四周，只见自己是在一片宽阔的空地上，上面长满了一块一块的荆棘，一眼望不到尽头。离他不远的地方，停着一辆破烂的吉卜赛大篷车，车边一只倒扣着的水桶上坐着一个男人，边抽着烟，边眺望着广阔的天地。附近燃着一堆树枝生起的火，火上吊着一个铁罐，正在咕噜咕噜往外冒汽，令人不禁想入非非。蟾蜍感觉饿极了，他仔细打量那个吉卜赛人，拿不定主意究竟是与他打一架好呢，还是欺骗他好。所以他就坐在马背上，用鼻子嗅了又嗅，盯着吉卜赛人。吉卜赛人也坐着，抽烟，拿眼睛盯着他。

过了一会儿，吉卜赛人从嘴里拿掉烟斗漫不经心地说："你那匹马是要卖吗？"

蟾蜍大吃一惊。他没想到过，吉卜赛人喜欢买马。

"什么？"他说，"叫我把这匹漂亮的小马给卖了？不，不，绝对不行。卖了马，谁替我驮给雇主洗的衣裳？再说，我特喜欢这马，他也很喜欢我。"

"那你就试着喜欢一头驴子吧，"吉卜赛人提议说，"有些人就喜欢驴。"

"你难道看不出，"蟾蜍又说，"我这匹马很好吗？他是匹纯种马，他当年还得奖来着。不，不，卖马，这绝对办不到。可话又说回来，你若是想买他，又能出得起多少钱呢？"

吉卜赛人把马上上下下打量了一番，又同样仔细地把蟾蜍上上下下打量了一番，然后回头望着那马，"一条腿一个先令。"他干脆地说，说完就转过身去。

"一先令一条腿？"蟾蜍喊道，"等一等，让我算算，看看总共多少钱。"

他爬下马背，由他去吃草，自己坐在吉卜赛人身旁，扳着手指算起了。最后他说："一先令一条腿，刚好是四先令，一个子儿也不多？那不行，我这匹漂亮的小马才卖四先令。我不干——"

"那好，"吉卜赛人说，"这么着吧，我给你五先令，这可比这匹马的实际价值高出三先令六便士。这是我最后的出价。"

蟾蜍坐在那里想了很长一段时间。他肚子饿了。身无分文，离家又远——谁知道有多远，一个人在这样的处境下，五先令可是一笔不小的数目了。可另一方面，五先令卖一匹马，似乎太亏了。不过，话又说回来，这匹马是没有花一分钱就得来的，所以不管得到多少，都是净赚。最后，他斩钉截铁地说："这样吧，吉卜赛人！我也给你出个价，六先令六便士，要现钱；另外，你还得供我一顿早饭，就是你那只香喷喷的铁罐里的东西，尽我吃个饱。我呢，就把我这匹欢蹦乱跳的小马交给你，外加马身上所有漂亮的马具，免费赠送。你要是觉得你出不了这个价，那就直说，我走我的路。我知道附近有个人，他想要我这匹马，都想了好几年啦。"

　　吉卜赛人大发牢骚，抱怨说，这样的生意要是再做几宗，他就要倾家荡产啦。不过最终他还是从裤兜深处掏出一只脏兮兮的小帆布包，数出六枚先令六枚便士，放在蟾蜍手中，然后还让他饱餐了一顿。

　　吃饱后，蟾蜍起身向吉卜赛人告别。吉卜赛人很熟悉河边地形，给他指点该走哪条路。他满心欢喜地上路了，和一小时前相比，他成了全然不同的另一只蟾蜍。阳光明亮，身上的湿衣服差不多干透了，现在兜里还有了钱，离家和朋友越来越近，也越来越安全，尤其是，吃过一顿丰盛的饭食后，他感到浑身有劲，无忧无虑，信心百倍。

　　他一面兴高采烈地朝前走，一面想着自己的各种冒险活动和逃跑历程，每次都能绝处逢生，化险为夷。想到这，他不由得骄傲自满狂妄自大起来，"嗬，嗬！"他把下巴翘得老高，说道："我蟾蜍多聪明呀！全世界没有一只动物比得上我！敌人把我关进大牢，四周派岗哨把守，日夜有狱卒看管，可我居然在他们眼皮底下扬长而过，闯了出来，纯粹是靠我的才智加勇气。他们派了警察，举着手枪追捕我，我呢，一转眼就跑得没了影儿。我不幸被一个胖女人扔进河里。那又算什么？我游上了岸，夺了她的马，胜利地骑走了。我用马换来满满一口袋银钱，还美美地吃了一顿早饭！嗬，嗬！我是蟾蜍，英俊的、有名的、无往不利的蟾蜍！"他越想越感到自己了不起，竟编了首歌赞美自己。

"世上有过许多伟大英雄，

历史书上记得明明白白；

但是没有一个名字，

能和蟾蜍相比！

牛津大学聪明人成堆，

肚里的学问包罗万象，

但他们谁也比不上，

聪明的蟾蜍一半！

挪亚方舟中的动物，

眼泪如潮水般涌出。

是谁高呼'陆地就在眼前'？

是鼓舞众生的蟾蜍！

行军在大路上的士兵，

他们齐声欢呼致敬。

是迎接国王或是火头军？

不，是向着蟾蜍先生！

王后和她的侍从女官，

窗前坐着把衣来缝。

王后喊道：'那位英俊男子是谁？'

女官们回答：'是蟾蜍先生。'"

诸如此类的歌还多得很，但是那些吹得太吓人了，不便写在纸上。以上只是其中较为温和的一首。

他边唱边走，边走边唱，越来越得意忘形。但他的这副得意劲很快就落了下来。

他在乡间小道上走了几英里之后，就上了公路。他顺着那条白色路面极目远眺时，忽见迎面过来一个小黑点儿，随后变成了一个大黑点儿，接着变成了一个黑乎乎的圆团，最后变成了一个他十分熟悉的东西。接着，两声警告的鸣笛，愉快地钻进他的耳朵，这声音太熟悉了！

"这才像回事儿！"兴奋的蟾蜍喊道，"这才是真正的生活，这才是我失去好久的伟大世界！我要叫住他们，我的轮上的兄弟，我要给他们编一段故事，就像曾经使我一帆风顺的那种故事，他们准会让我搭车，然后我再给他们讲更多的故事。走运的话，我也许还能亲自开车回蟾宫！叫獾看看，那才叫绝了！"

他信心十足地站到马路当中，想喊住那辆汽车。汽车从容地驶过来，在小路附近放慢了速度。就在这时，蟾蜍的脸一下子变得煞白。因为开过来的汽车，正好是那倒霉的一天他从红狮旅店场院里偷出来的那辆——他的一切祸事就是从那天开始的！车上的人，正是他在旅店咖啡厅里看到的那伙人！

他瘫倒在路上，成了惨兮兮的一堆破烂。他绝望地喃喃自语说："完啦！彻底完蛋啦！警察又要给我戴上手铐了！我又得坐牢了！我是个十足的大傻瓜！我本该藏起来，等天黑以后，再挑僻静小路偷偷溜回家去！可我偏要大模大样在野地里乱窜，大唱自吹自擂的歌子，还要在大白天在公路上瞎拦车！倒霉的蟾蜍啊！不幸的动物啊！"

那辆可怕的汽车慢慢驶近了，最后，蟾蜍听到它就在身边停了下来。两位绅士走下车，绕着路上这堆皱皱巴巴哆哆嗦嗦的破烂儿转。一个人说："哦，天哪！这真是太惨了！一位老人晕倒在路上了！咱们把她抬上车，送到附近的村子里。说不定那有她的亲友。"

他们把蟾蜍轻轻抬上车，让他靠坐在柔软的椅垫上，又继续上路。

他们说话的语调很和蔼，并且充满同情，蟾蜍知道他们并没有认出他，于是渐渐恢复了勇气。他小心翼翼地先睁开一只眼，再睁开另一只眼。

"瞧，"一位绅士说，"她好些啦，新鲜空气对她有好处。你感觉好些了吗，太太？"

"太谢谢你们了，先生，"蟾蜍声音微弱地说，"我觉得好多了！"

　　"那就好，"那绅士说，"你静静地坐着别动，千万不要说话。"

　　"我不说话，"蟾蜍说，"我只是在想，要是我能坐在前座，坐在司机的旁边，让新鲜空气直接吹在我脸上，我很快就能完全好起来的。"

　　"这女人头脑真清楚！"那绅士说，"当然可以让你坐到前排来啦！"于是他们小心地把蟾蜍扶到前座，坐在司机旁边，又继续开车上路。

　　这时，蟾蜍已经差不多完全恢复过来了。他坐直了身子，向四周看看，努力要抑制激动的情绪。他对汽车的渴求，正在他心头汹涌，整个儿控制了他，弄得他骚动不宁。

　　"这是命中注定呀！"他对自己说，"干吗要克制呢？"于是他朝身边的司机说："先生，求你行个好，让我开一会儿车吧。我一直在仔细看你开车，觉得这十分容易，挺有意思的。我真想有个机会回去对朋友们吹一下，说自己开过汽车！"

　　听到这个请求，司机不禁哈哈大笑，引得后排那位绅士忙追问是怎么回事。听了司机的解释，他说道："好啊，太太！我喜欢你这种精神。让你试试！"

　　这话使蟾蜍大喜过望。他急不可耐地爬进司机让出来的座位，双手握住方向盘，假装谦逊地听从司机的指点，开动了汽车，起初开得很慢很小心，因为他决心要谨慎行事。后座的绅士们拍手称赞说："她开得多好啊！想不到一个洗衣妇第一次开车能开得这么棒，从没见过！"

蟾蜍把车开得快了些，又快了些。越开越快。

后面的绅士大声警告说："小心，洗衣妇！"这话激恼了他，他开始头脑发热，失去了理智。

司机想阻止他，可蟾蜍用一只胳臂把他按牢在座位上，动弹不得。蟾蜍肆无忌惮地喊道："什么洗衣妇！嘀嘀！我是蟾蜍，抢车能手，越狱要犯，是身经百难总能逃脱的蟾蜍！你们坐着别动，我要叫你们懂得什么才是真正的驾驶。"

车上的人全都惊恐万分地大叫，他们站起来，扑到蟾蜍身上，"抓住他！"他们喊道，"抓住蟾蜍，这个偷车的坏蛋！把他捆起来，戴上手铐，拖到附近的警察局去！"

唉！他们本该想到，应该学会谨慎从事，先想法把车子停下来，再采取行动就好了。蟾蜍把方向盘猛地转了半圈，汽车一下子冲进了路旁的篱笆。只见它高高跳起，剧烈地颠簸，接着，猛地一跳，开进了一个水潭，车轮把烂泥打得满天飞。

蟾蜍发现自己的身子直往上冲，像只燕子在空中画了一道优美的弧线。他颇喜欢这动作，心里正想着，不知会不会继续这样飞下去，直到长出翅膀，变成一只蟾蜍鸟。就在这一刹，砰地一声，他仰面朝天落在了丰茂松软的草地上。他坐起来，看到水塘里那辆汽车，快要沉下去了。绅士们和司机被他们身上的长外套拖累着，正在水中苦苦地挣扎。

他火速跳起来，撒腿就跑，想到自己又一次成功逃脱，他唱起了歌——

"小汽车，噗噗噗，

风驰电掣上公路。

是谁驱车进水塘？

聪明绝顶的蟾蜍君！

瞧我多聪明！多聪明，多聪明，多聪明——"